BING FANGZI

冰房子

[韩] 安宁达 著　　金贤玲 译

接力出版社
Publishing House

关于本书

冬天的夜晚，在荒凉之地独自生活的女人生下了一个雪孩子。随着春天的临近，小房子里变得越来越热，雪孩子面临融化的危险。唯有城市中，名为“永远是冬天”的冰房子能让他生存下去。为守护最珍爱的雪孩子，女人向城市奔去……

本书如一部电影、一首长诗般讲述关于生命的尊严与理想的可贵。作者以强烈的色彩，描绘人们拼尽全力守护那些美好又脆弱的事物的忘我的挣扎，我们可以从中看到理想与困境的角力，绝望与希望的交叠，体会生命的坚韧与爱的伟大。

当生活没有可选项，唯有爱，可以把生活照亮。

关于作者

［韩］**安宁达**

韩国图画书作家，第 57 届韩国出版文化奖得主。在山清水秀的山村学校学习视觉设计，在遥远的海边村庄学习绘画。

主要作品有《西瓜游泳场》《奶奶的夏天》《香肠爷爷》《冰房子》《因为……》《胡萝卜幼儿园》《阿福》等。

冬天的夜晚，女人生下一个雪孩子。

哇
哇

哇 哇 哇

女人不得不

把她怀里慢慢融化的孩子……

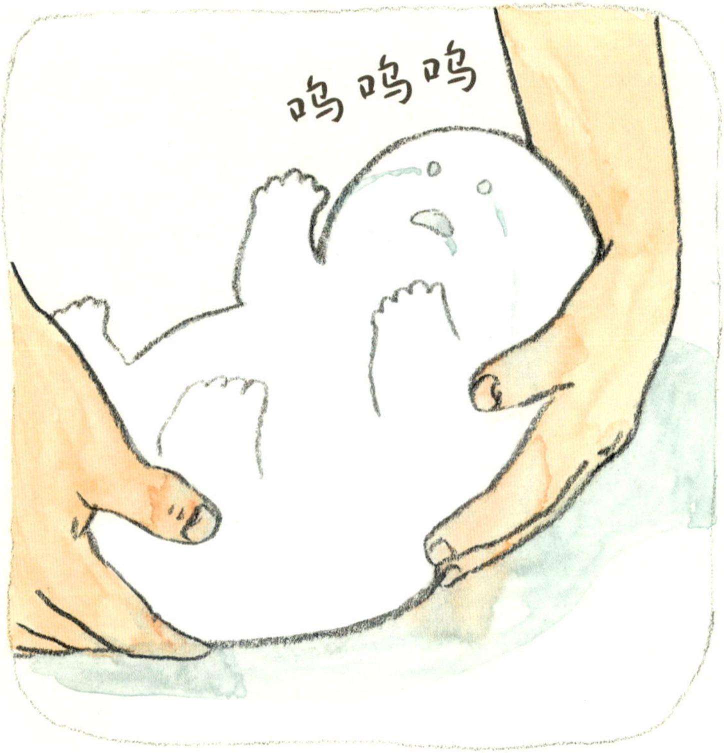
呜呜呜

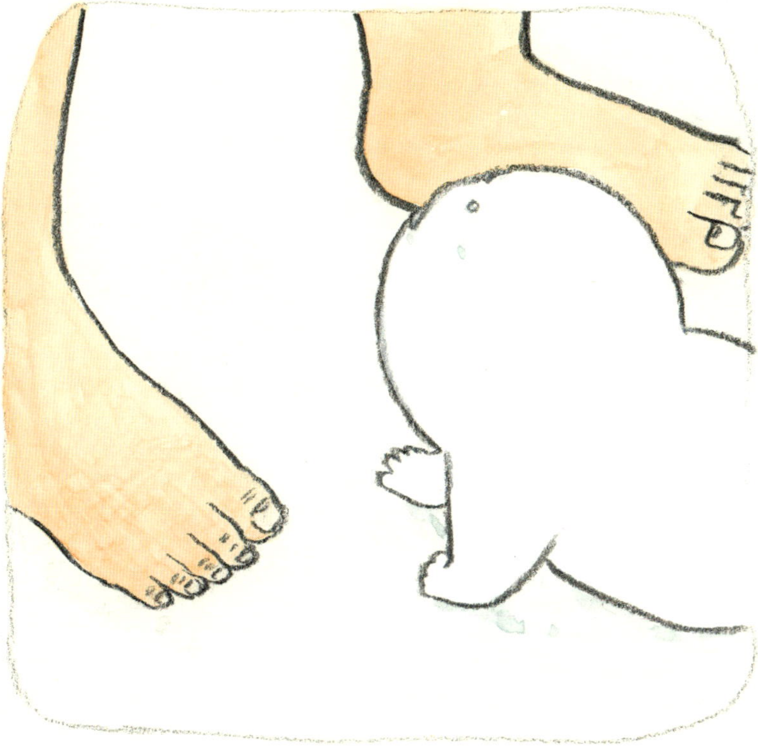

放到冰冷的地上。

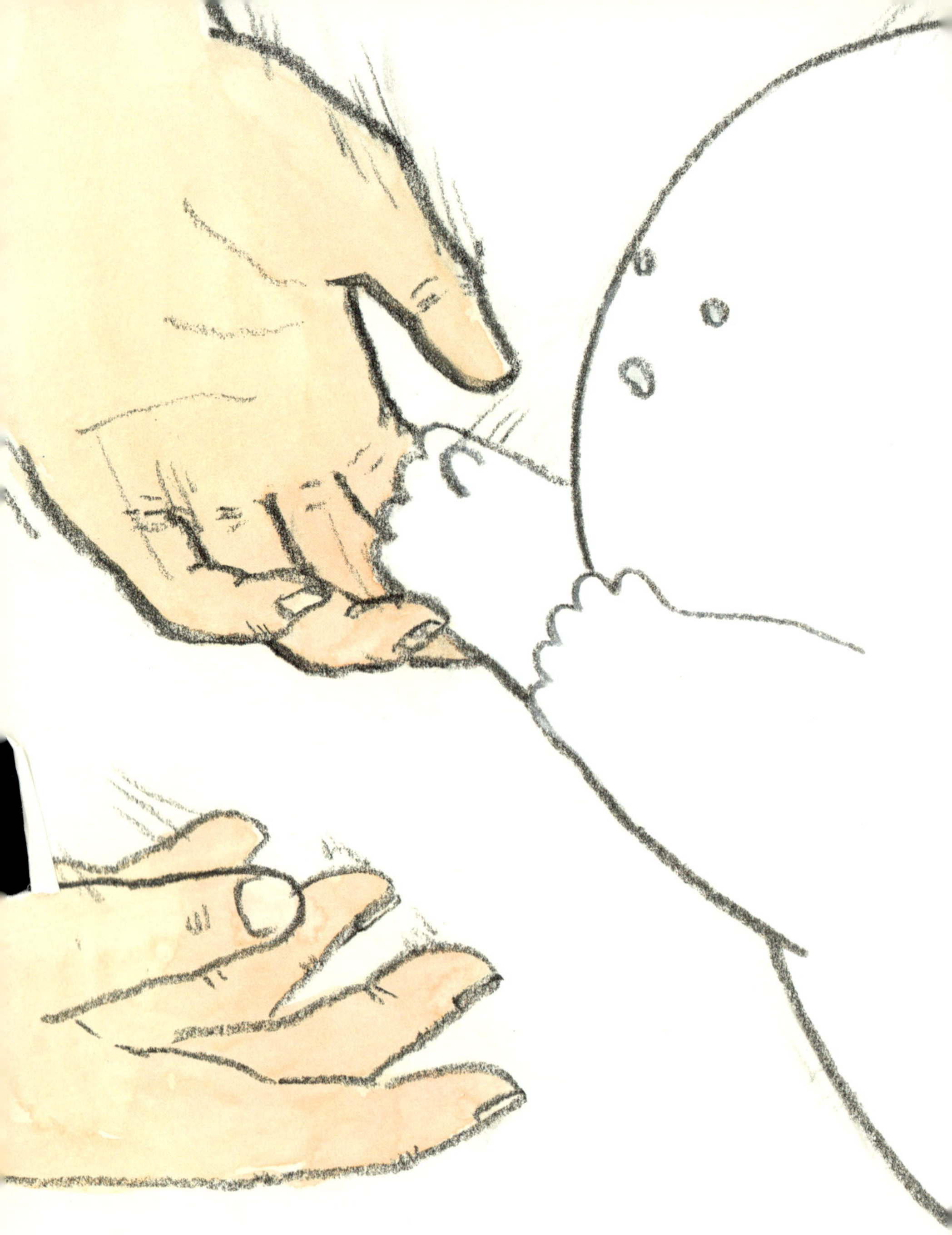

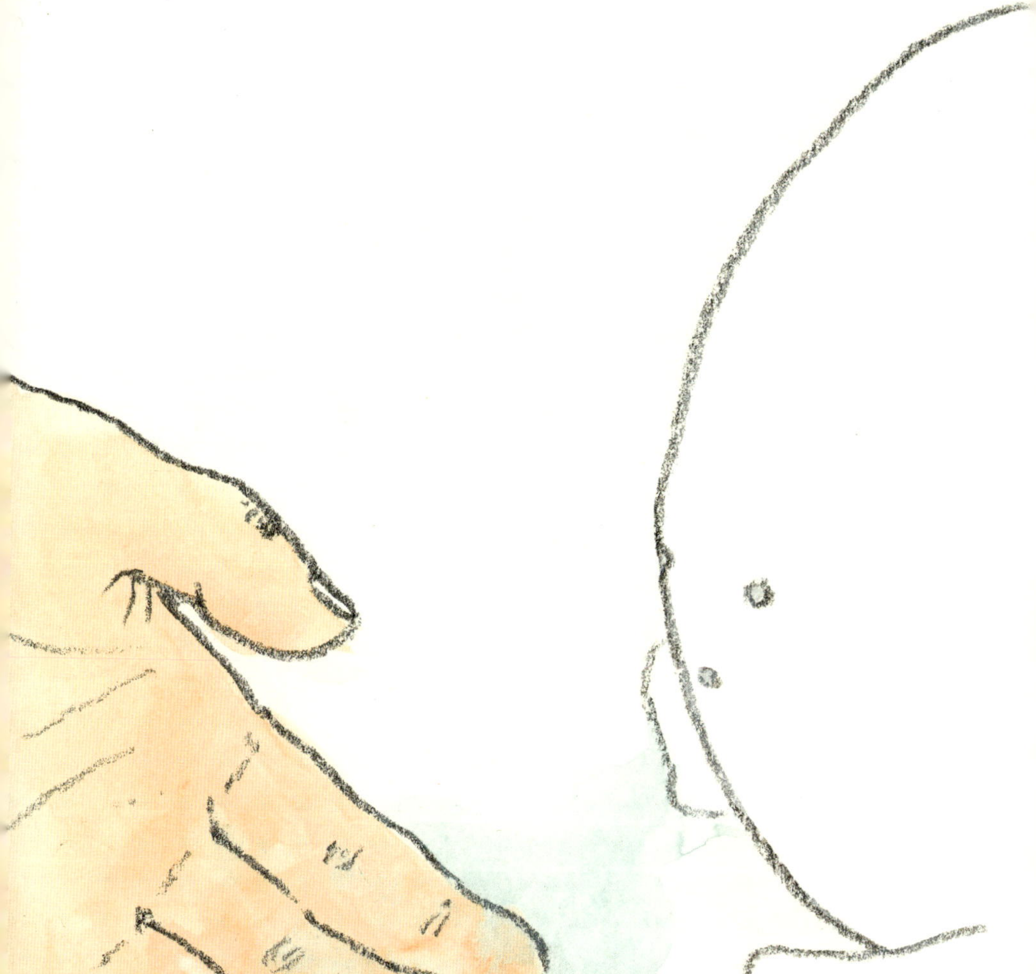

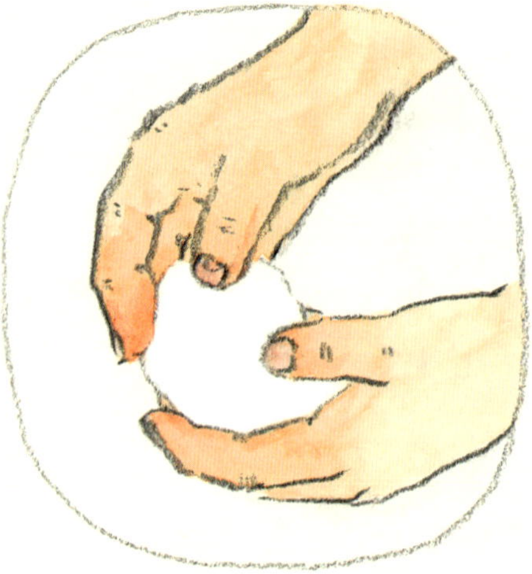

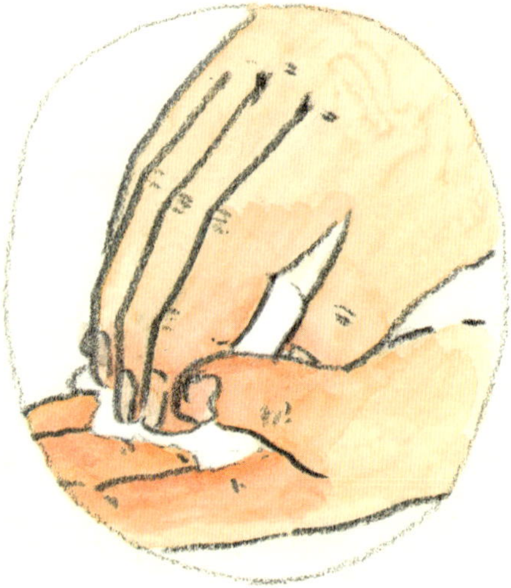

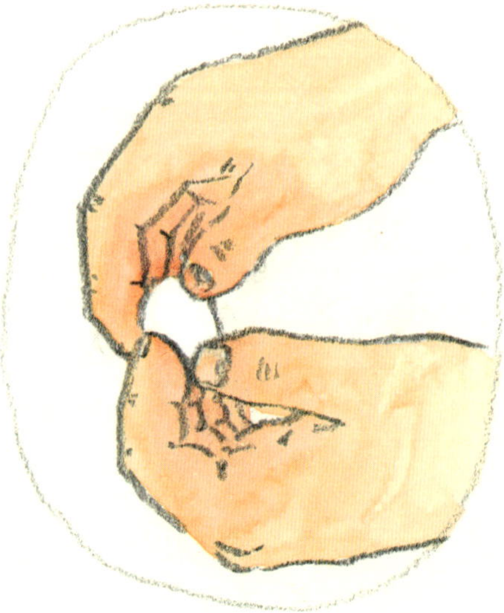

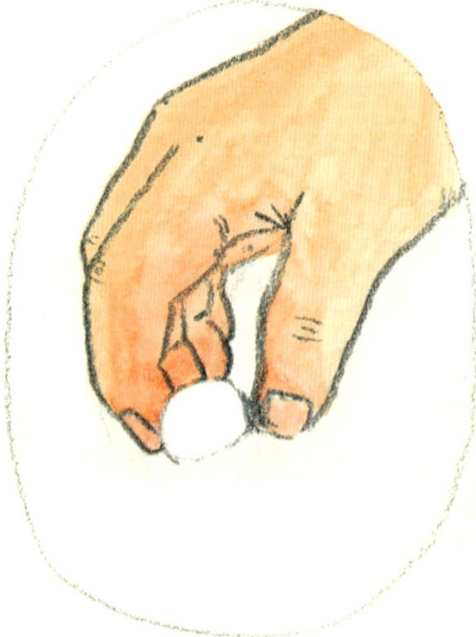

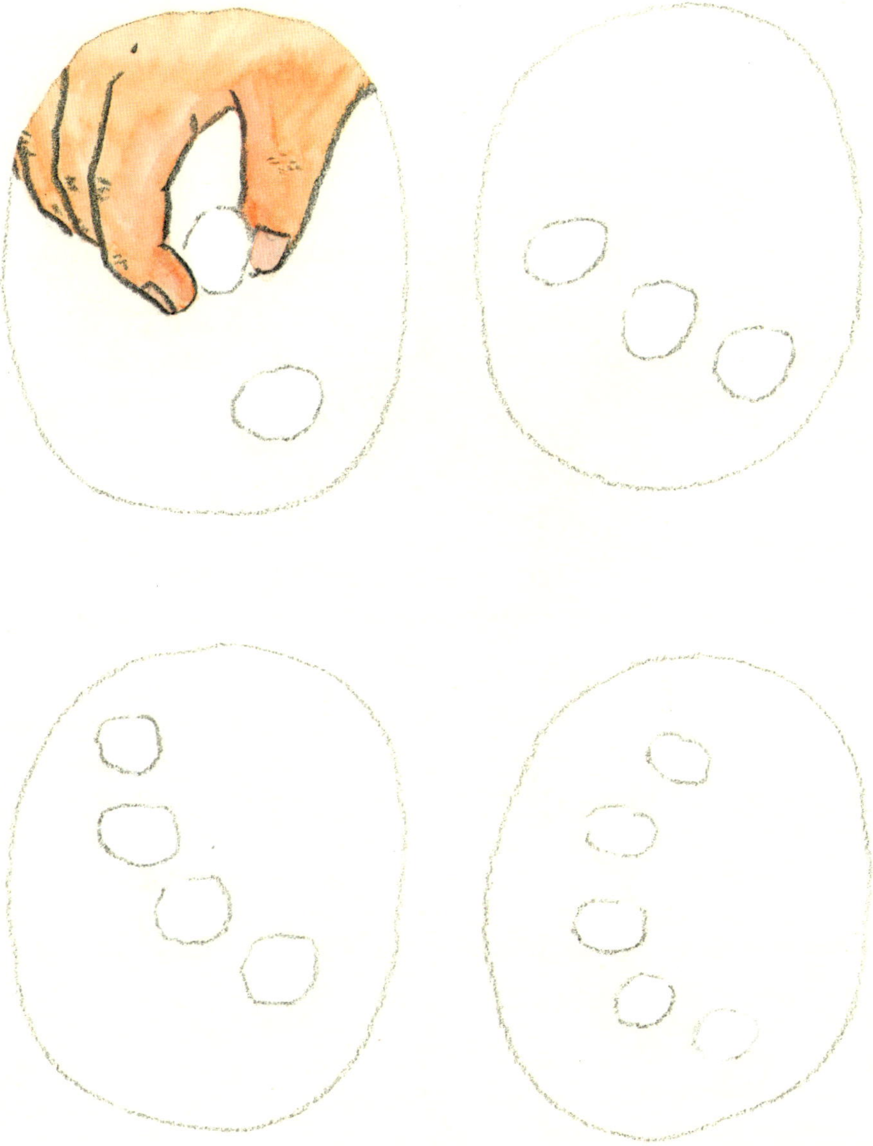

呼——

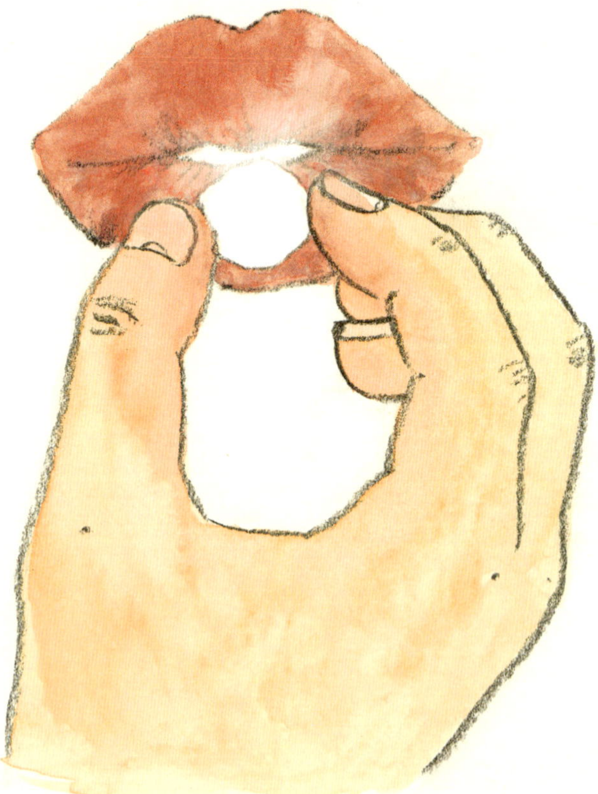

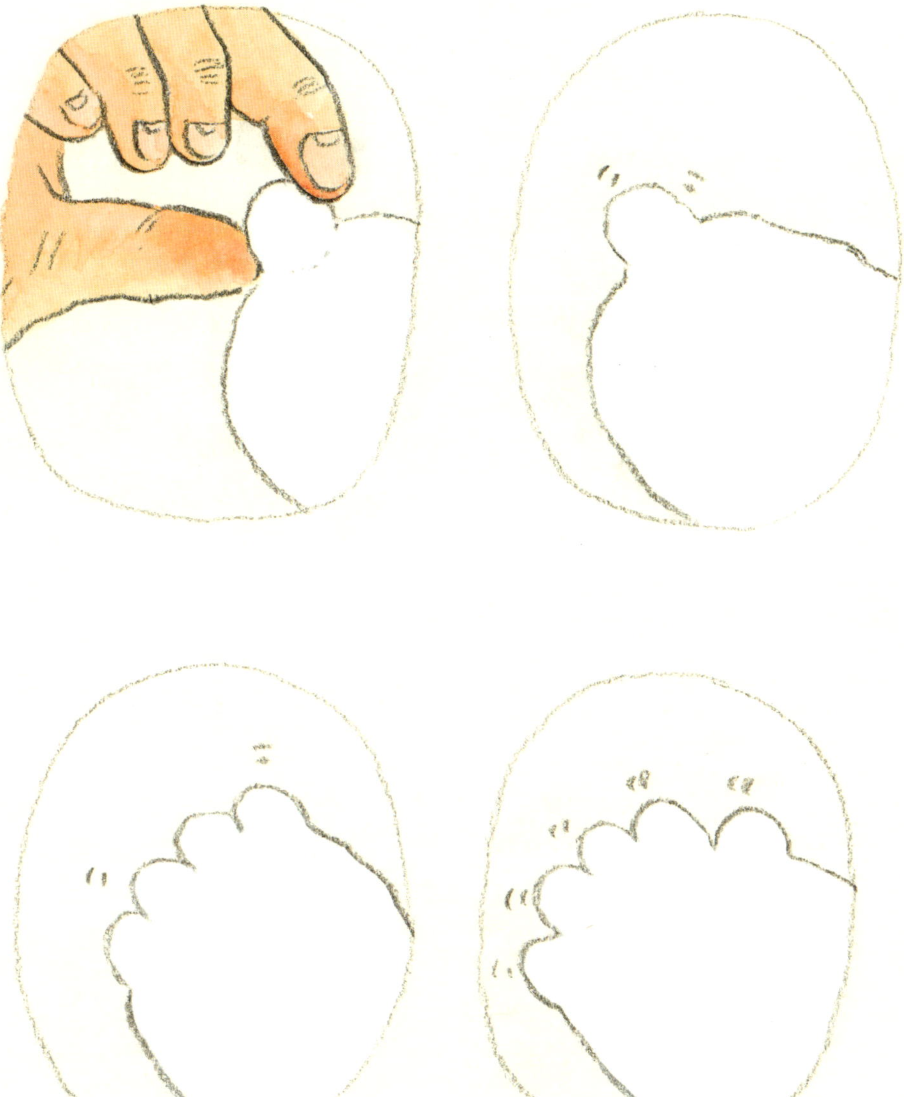

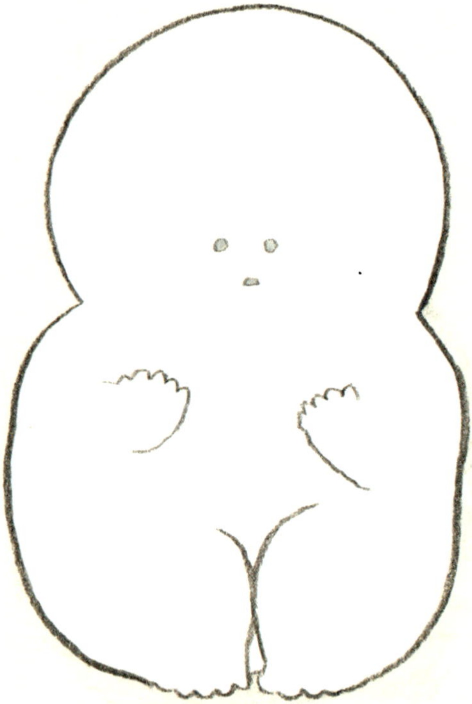

女人怕自己的体温会伤害孩子，

于是用雪筑起了一道墙。

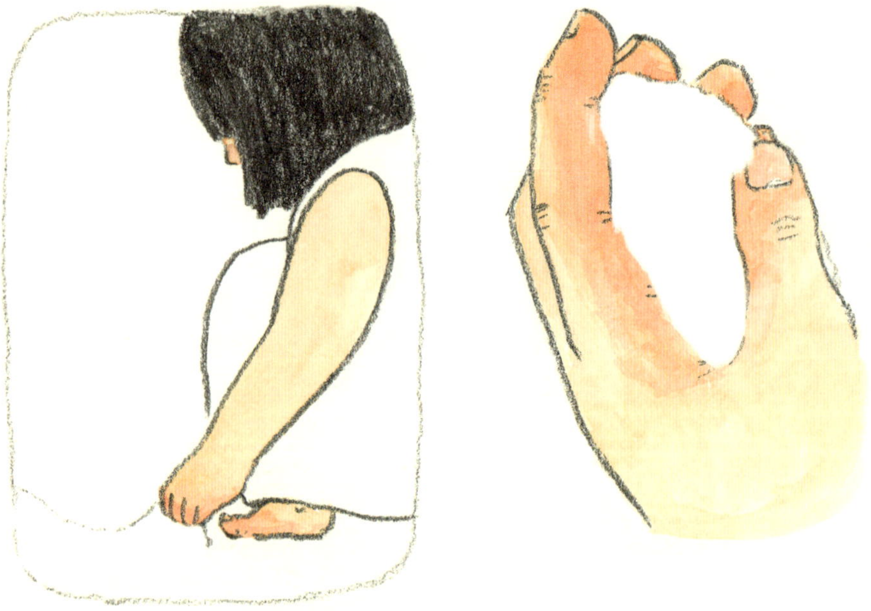

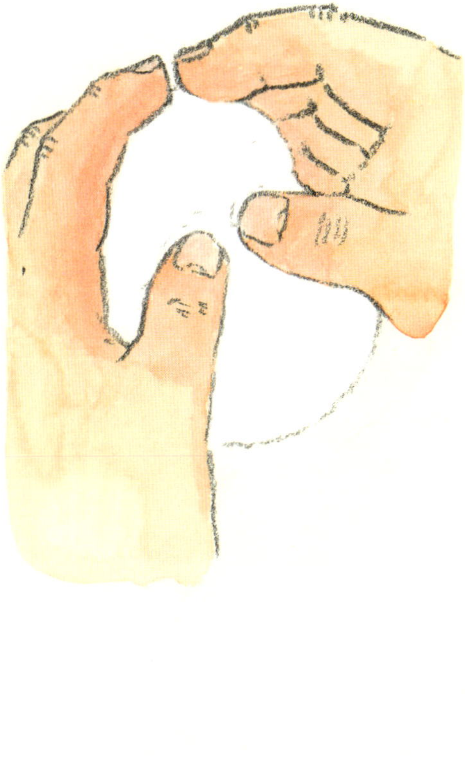

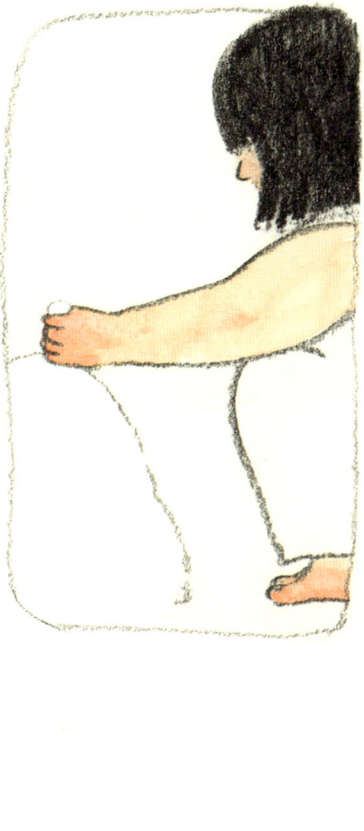

抱抱

拍拍

拍拍
咯咯咯咯

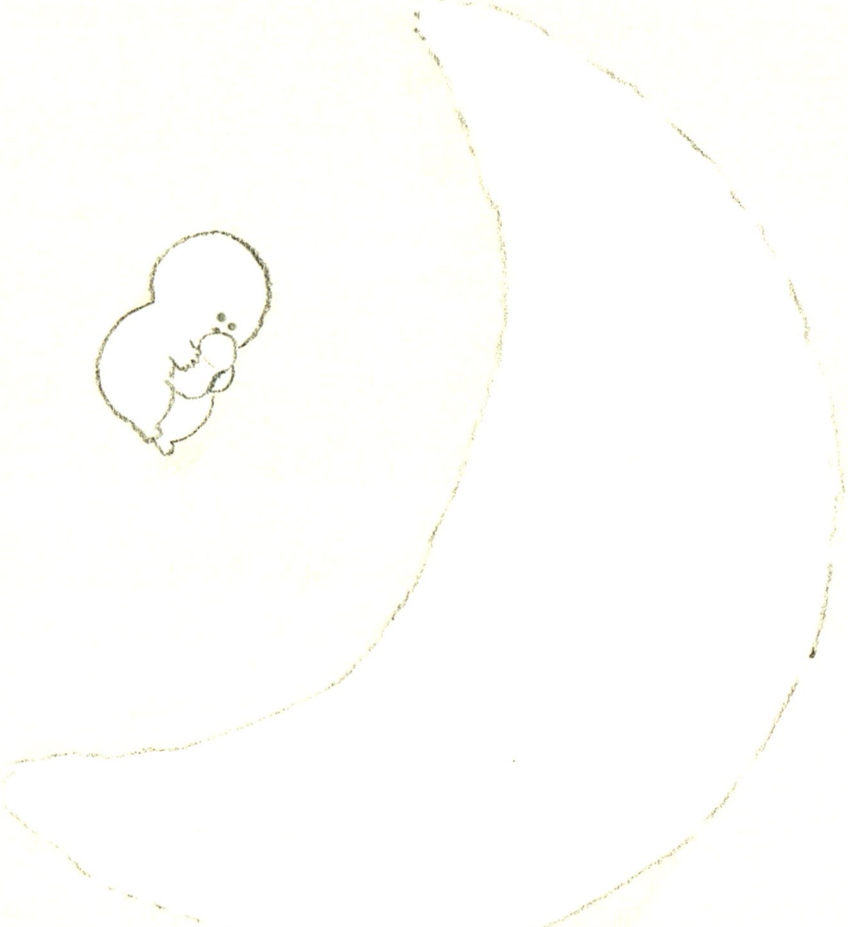

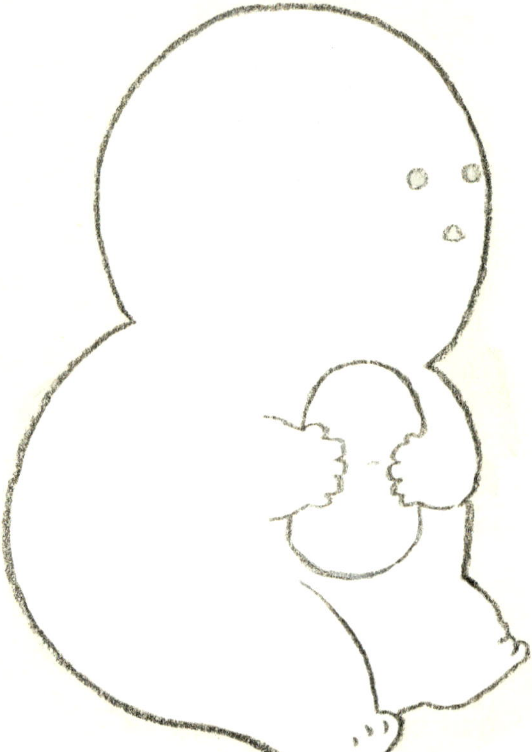

孩子在妈妈身旁

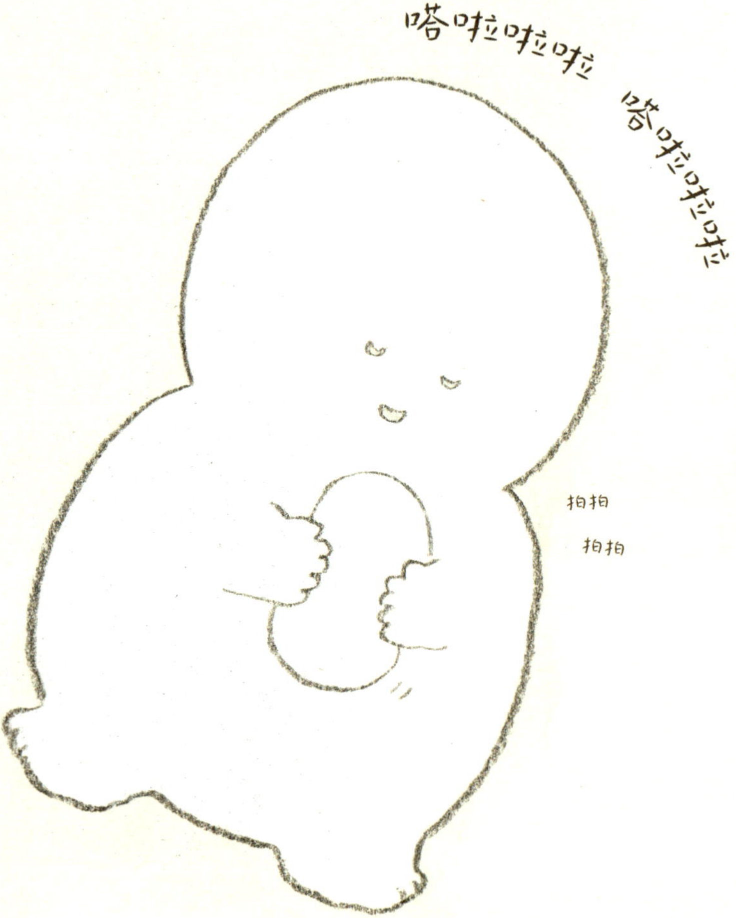
嗒啦啦啦
嗒啦啦啦
拍拍
拍拍

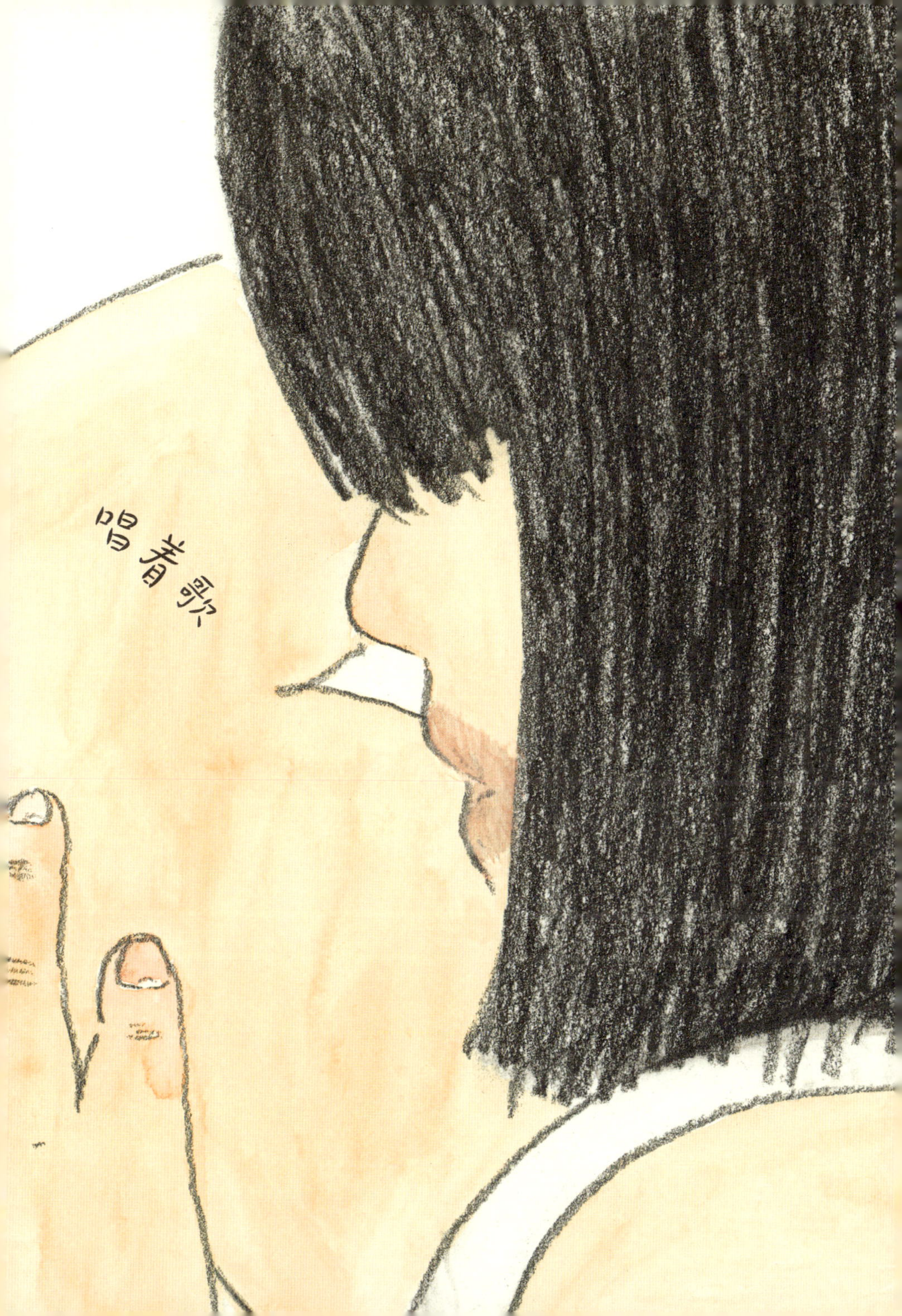
唱着歌

孩子在温暖的
阳光下

静悄悄地睡着了

在遥远的地方……

一抹绿色慢慢逼近。

哇 哇 哇

哇
哇
哇
哇
咔嗒
哇
哇
哇
咔嗒
咔嗒
哇
哇 哇 哇 哇
哇 哇 哇 哇

呜 呜 呜 呜
咔嗒
咔嗒
呜 呜 呜 呜

哇
哇
哇
轰隆

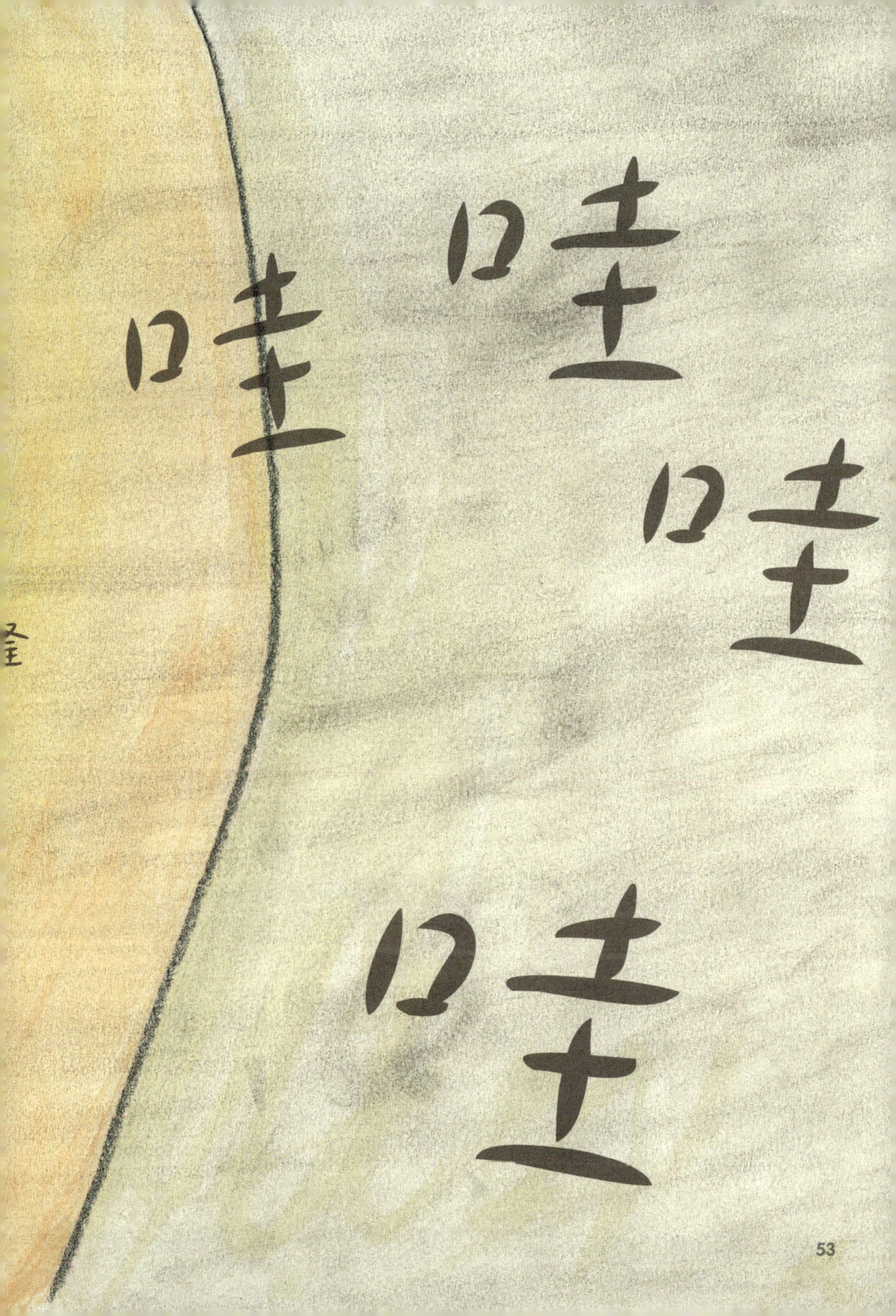
哇
哇
哇
哇

哇哇哇哇
轰
隆
隆

隆 隆

哇 哇 哇 哇

那是没有被世界听到的声音。

永远是冬天
先到先
免费体验
马上行动起来

永远是冬天
先到先得
免费体验
马上行动起

哇哇哇哇
永远是冬天
先到先得
免费体验
马上行动起来
永远是冬天
先到先得
免费体验
马上行动起来

哇哇哇哇哇
永远是冬天
先到先得
免费体验
马上行动起来

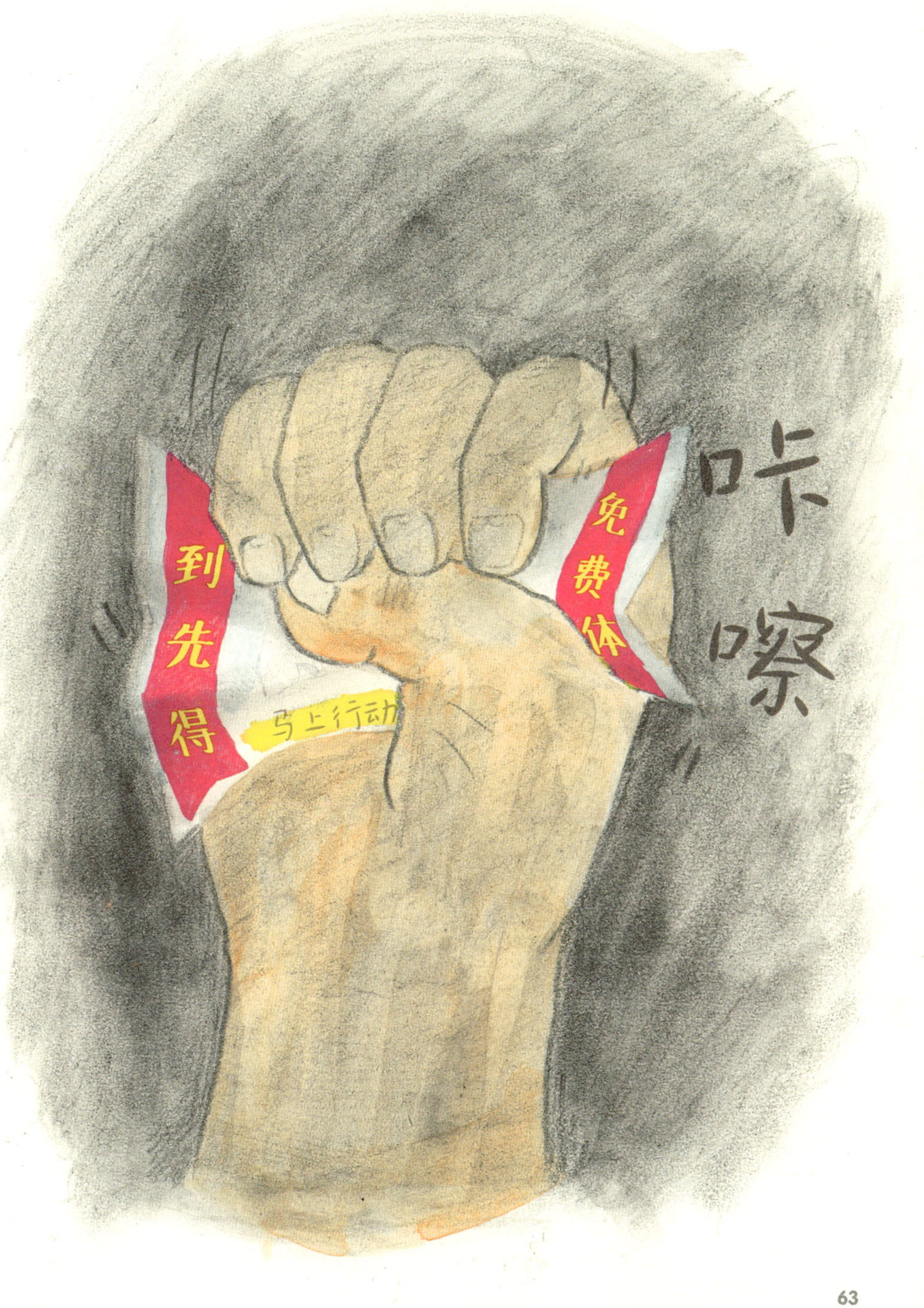
到先得
免费体
马上行动
咔嚓

哐
突突
突突
突突

从门缝钻进去的暖流被挡在门外。

女人只留下一句“妈妈会很快回来”……

便奔跑着去寻找那个叫作“永远是冬天”的东西。

宫殿
旅馆

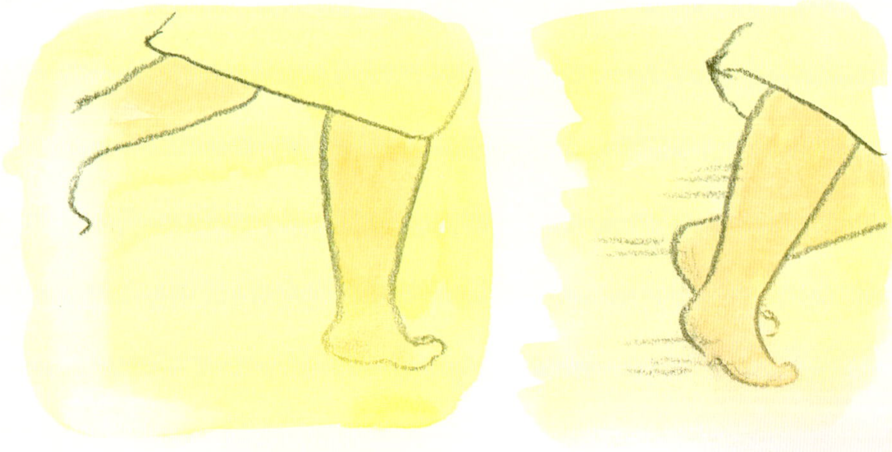

乐园

更快
更更更多
跑起来

有吧
促销
不要
错过
全部
都可以
拥有
快来
获取

要
全都

部
以
有
70%
60%
50%
4套
3+1
2+1
1+1

为了你

永远的梦
永远是冬天

永远是冬天
永远是冬天
永远是冬天
永远是冬天
免费体验活动

永远是冬天

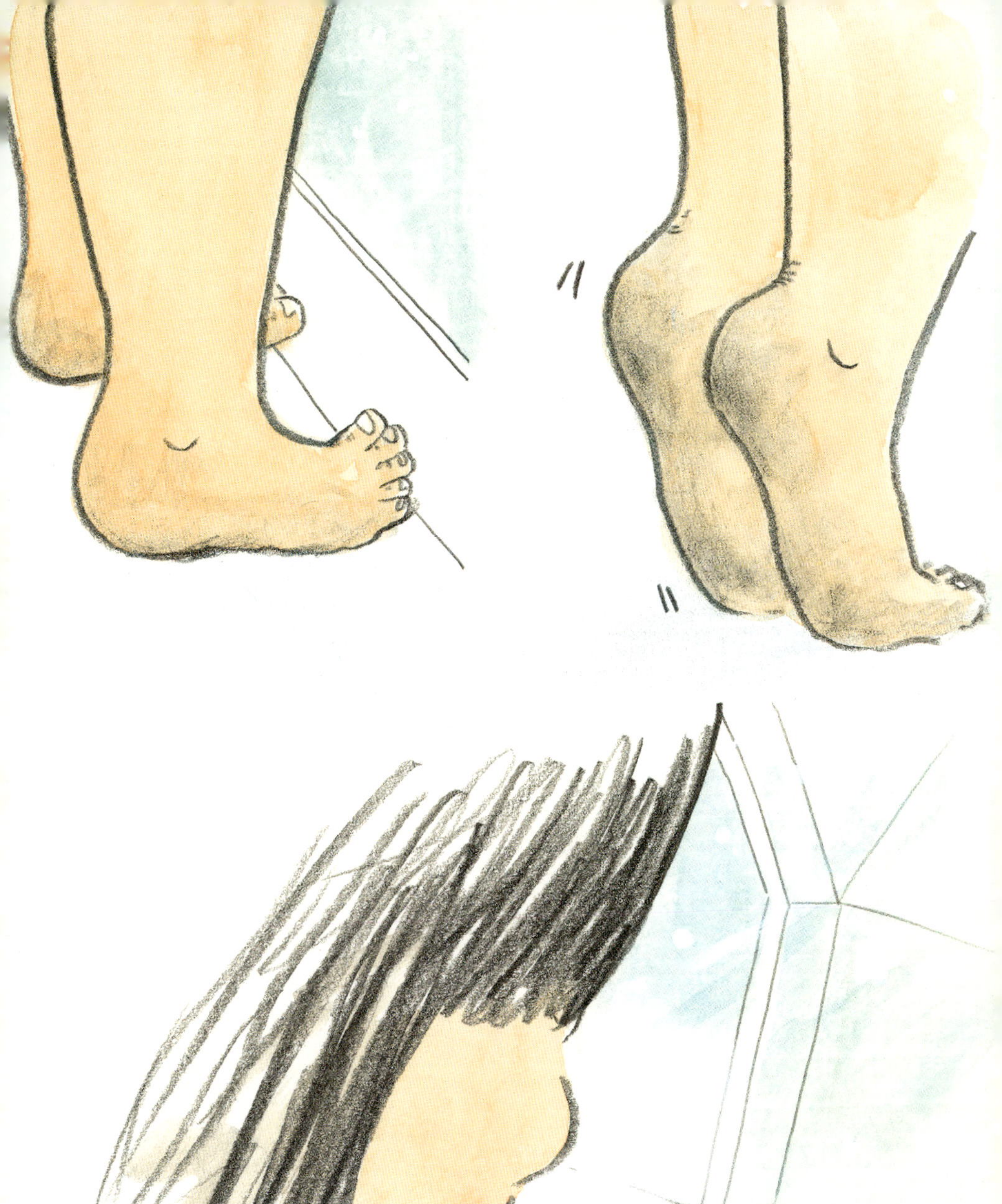

刺啦

刺啦
免费
体验
活动

先到先得免费体验活动结束
啪
只为你留住不会融化的冬天
永远是冬天
高端品质 只为你准备
天

永远是冬天
先到先得免费体验活动结束
只为你留住不会融化的冬天
永远是冬天
高端品质 只为你准备

冬天
高端品质 只为你准备
哐

永远是冬天
永远是冬天
是冬天

当啷
先到先得完费体验活动结束
只为你留住不会融化的冬天
永远是冬天
高端品质 只为你准备

永远是冬天
永远是冬天
永远是冬天
先到先得免费体验活动结束
只为你留住不会融化的冬天
永远是冬天

永远是冬天
永远是冬天
永远是冬天
永远是冬天
永远是冬天
只为你留住不会融化的冬天
永远是冬天

嘀嗒

嘀嗒
嘀嗒
嘀嗒
嘀嗒

嘀嗒
嘀嗒
嘀嗒
嘀嗒

当
当
当
当
当
当
当
当
当
当

趁現在還來得及

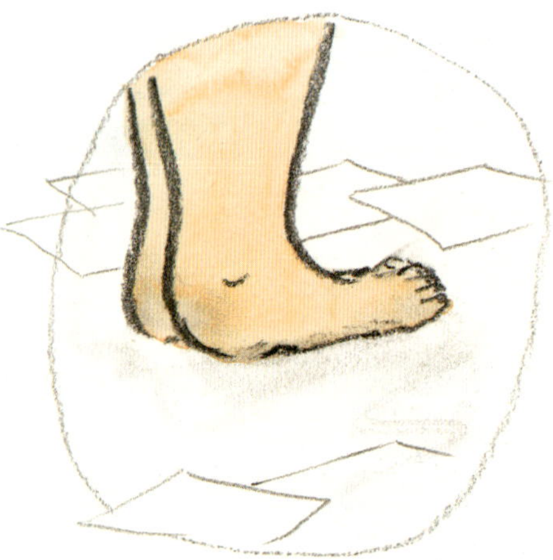

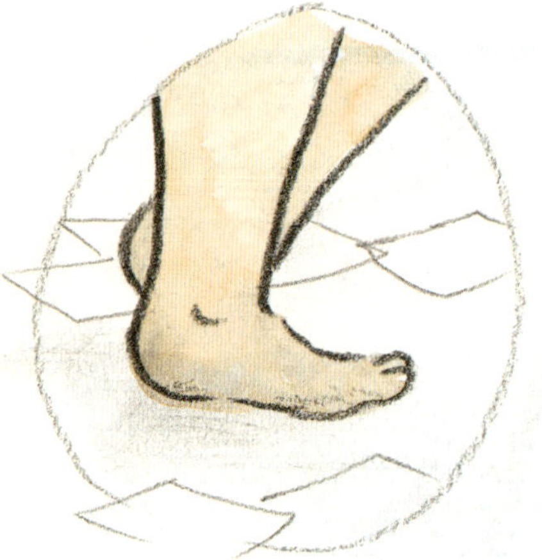

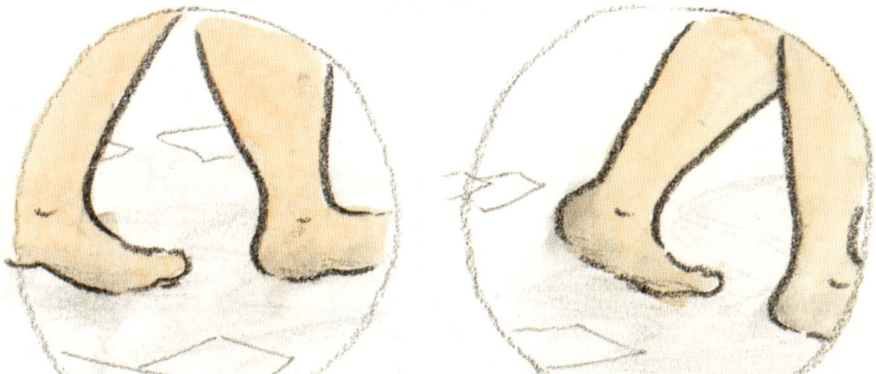

趁现在还
来得及
——未来保险——

趁现在还来得及
孩子的身高
趁现在还来得及

英才教育
趁现在
还来得及
ABC
欢迎光临
富翁投资
趁现在还
来得及冲
$$$
W $

梦想城堡
最后的机
把握住！

把握机会
把握机会

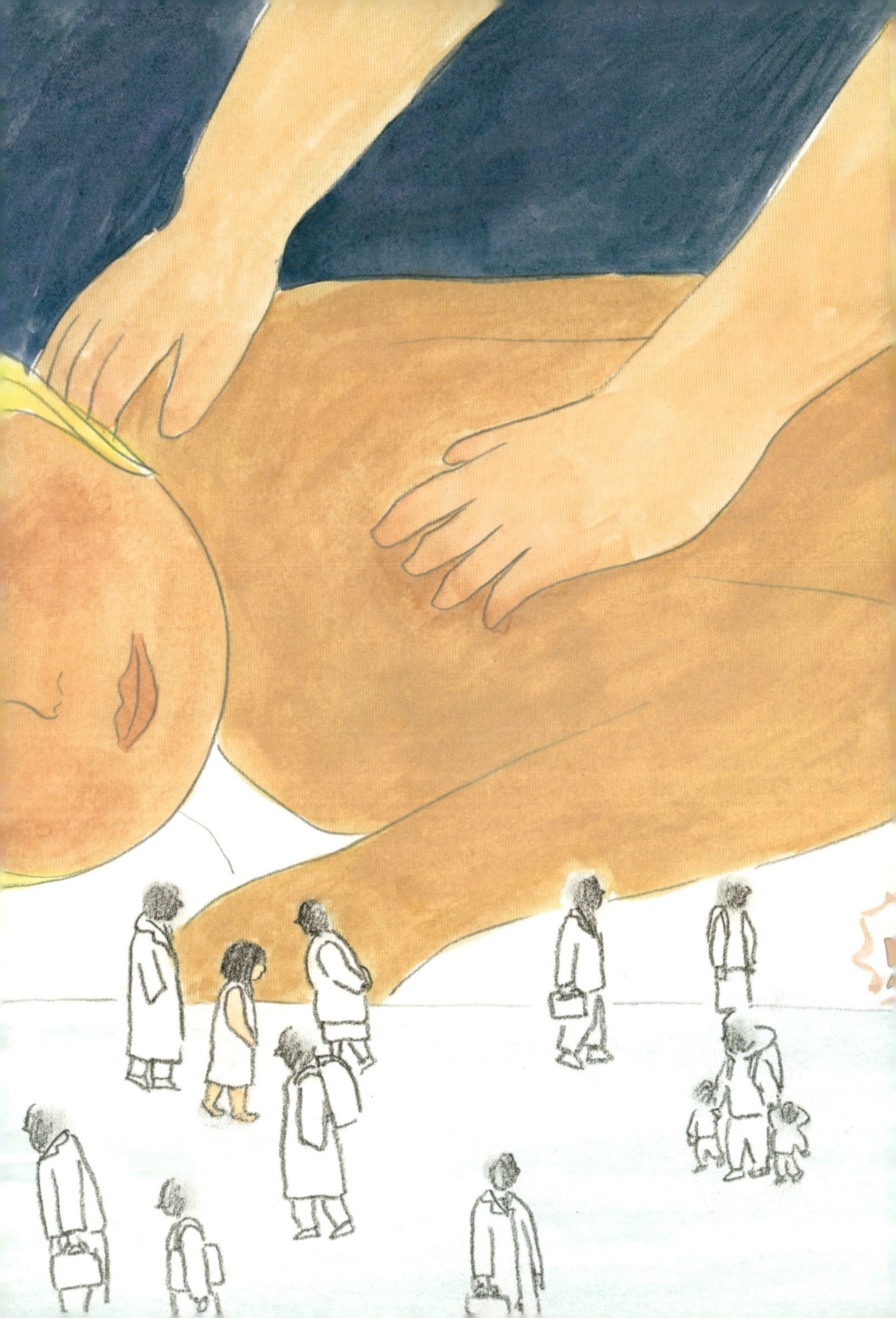

温暖的双手

*书中标价数额均为韩元，
1韩元约合人民币0.0053元。
——编者注

家资金
抱日收
10分钟现金

1分钟
急用资金
急1用
无忧提现
第1名
利息
优惠
活动

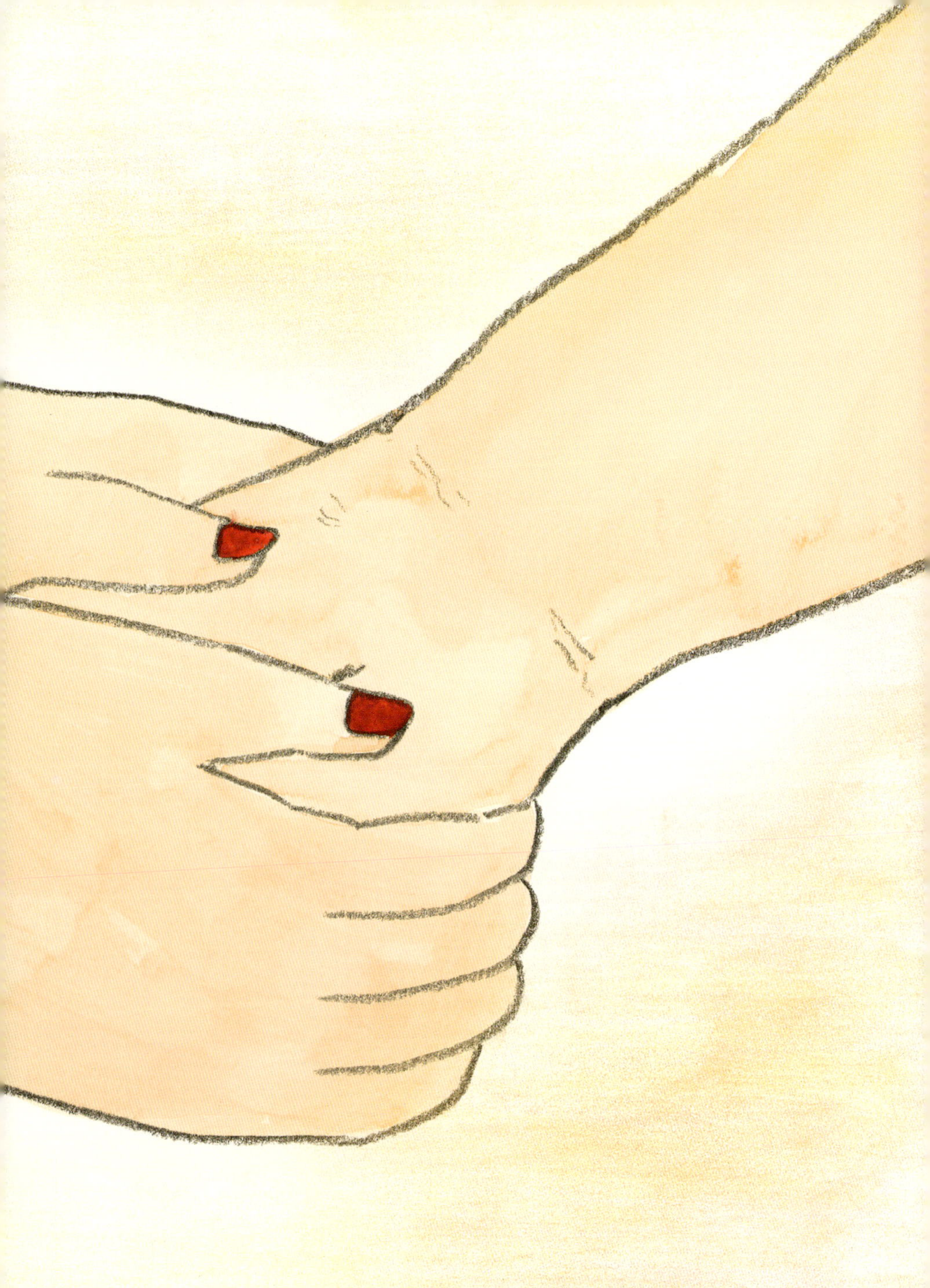

丁零
丁零

法人
个人
公司复苏/破产
专业经济师
帮你
还贷

丁零
丁零
丁零
丁零
购买
高价交易
保障
负贷
更低的
利息！
当日贷款
咨询
咨询
急需用钱的人
需要大钱的人
保守秘密
手机小额结算
010X187XX12
无论是谁，欢迎光临！

*书中“x”均为数字

丁零零
丁

丁零零
丁零零
零
丁零零
丁零零
丁零零
丁零零
丁零零
丁零零
丁零零

咝咝
丁零零
丁零零
零
丁

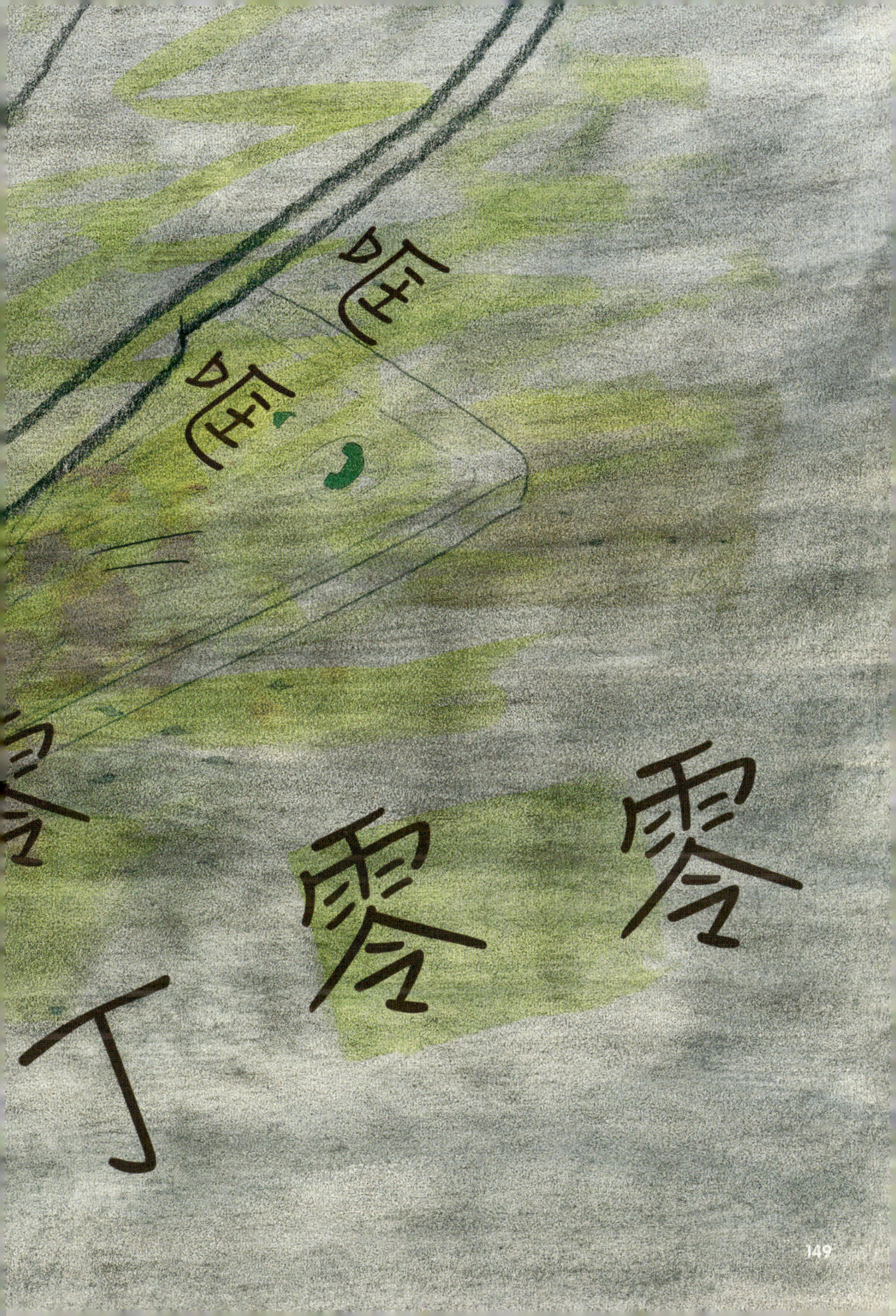
哐哐
零
丁零零

法人
个人
公司复苏破产
专业经济律师
帮你
还贷

购买
高价交易
零
零
零
零
保守秘密
零
零
我要买
手机小额结算
零
零

信用不良者也
欢迎光临
大家资金
大家资金
拥抱日收
10分钟现金
欢迎光临

₩
1分钟
急用资金
微笑金融
个体工商户
车辆抵押贷款
有收入却无法提供证明的人
急1用
无忧提现
欢迎光临
第1名顾客
利息
优惠
活动

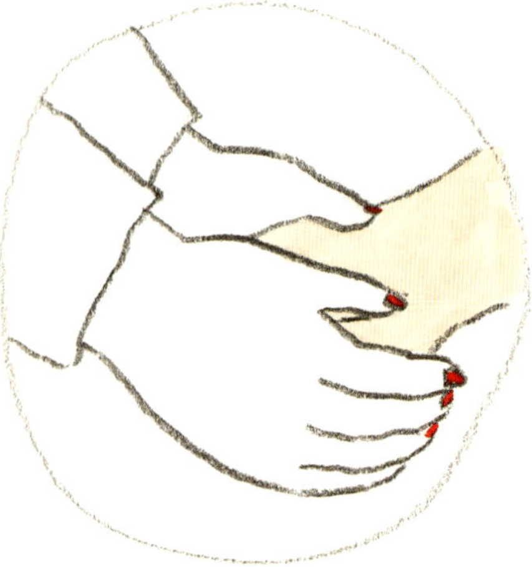

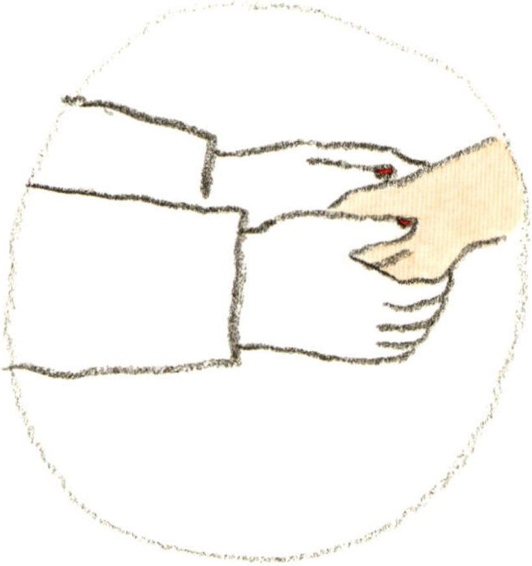

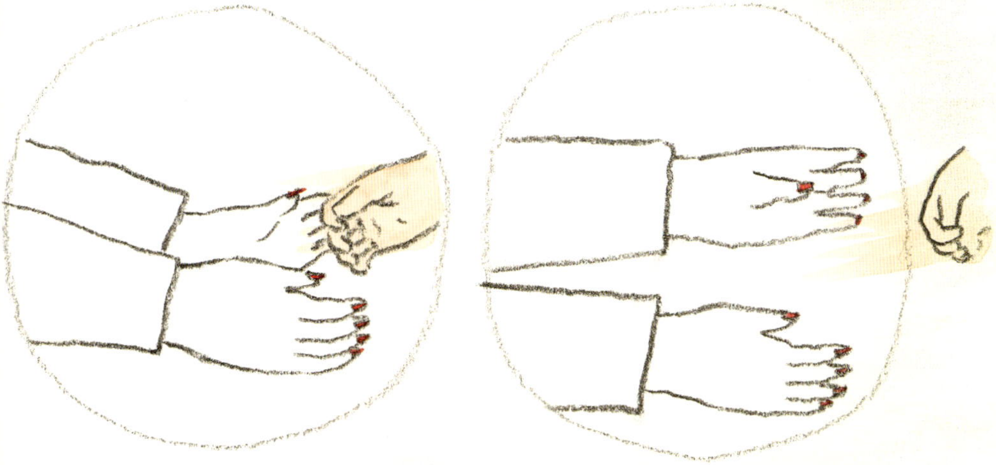

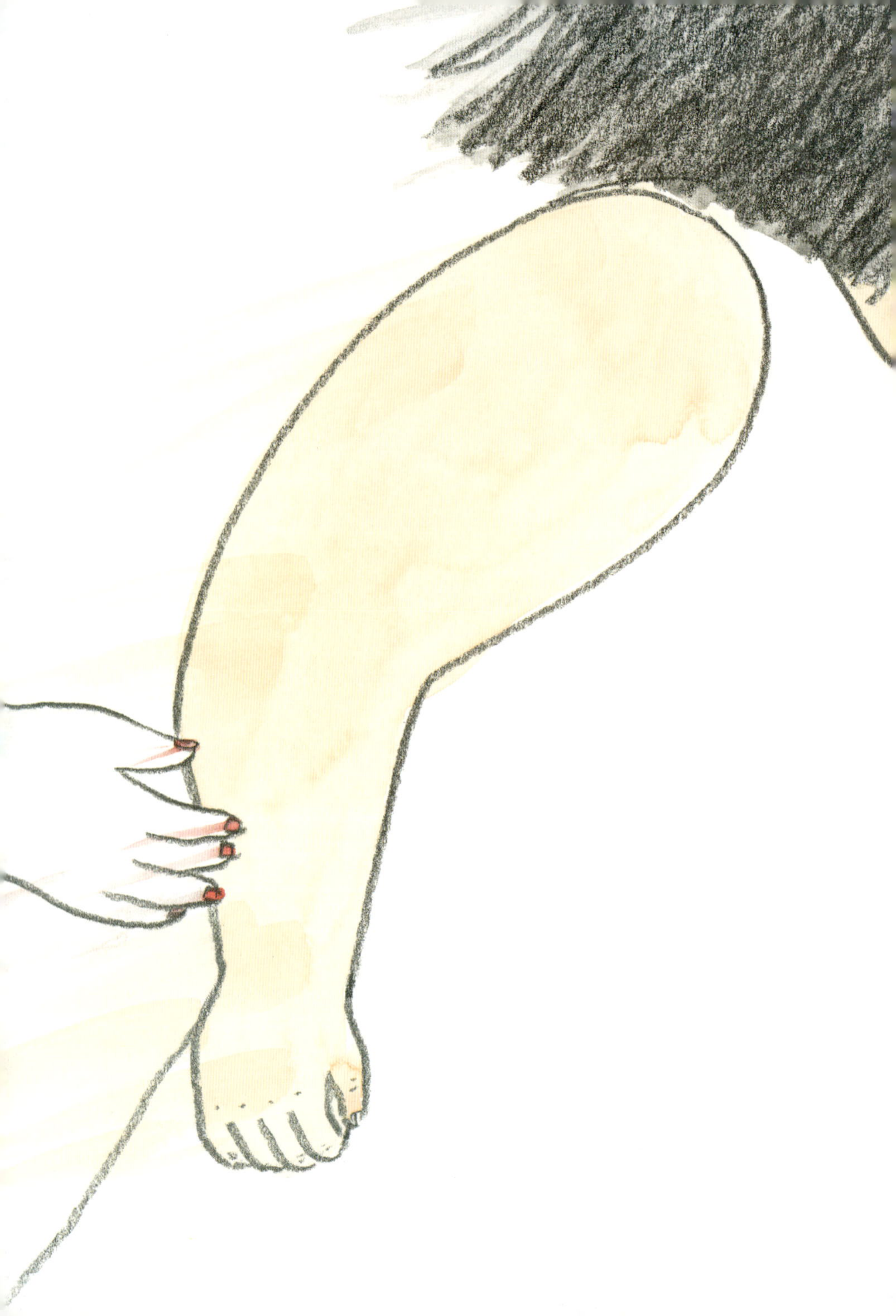

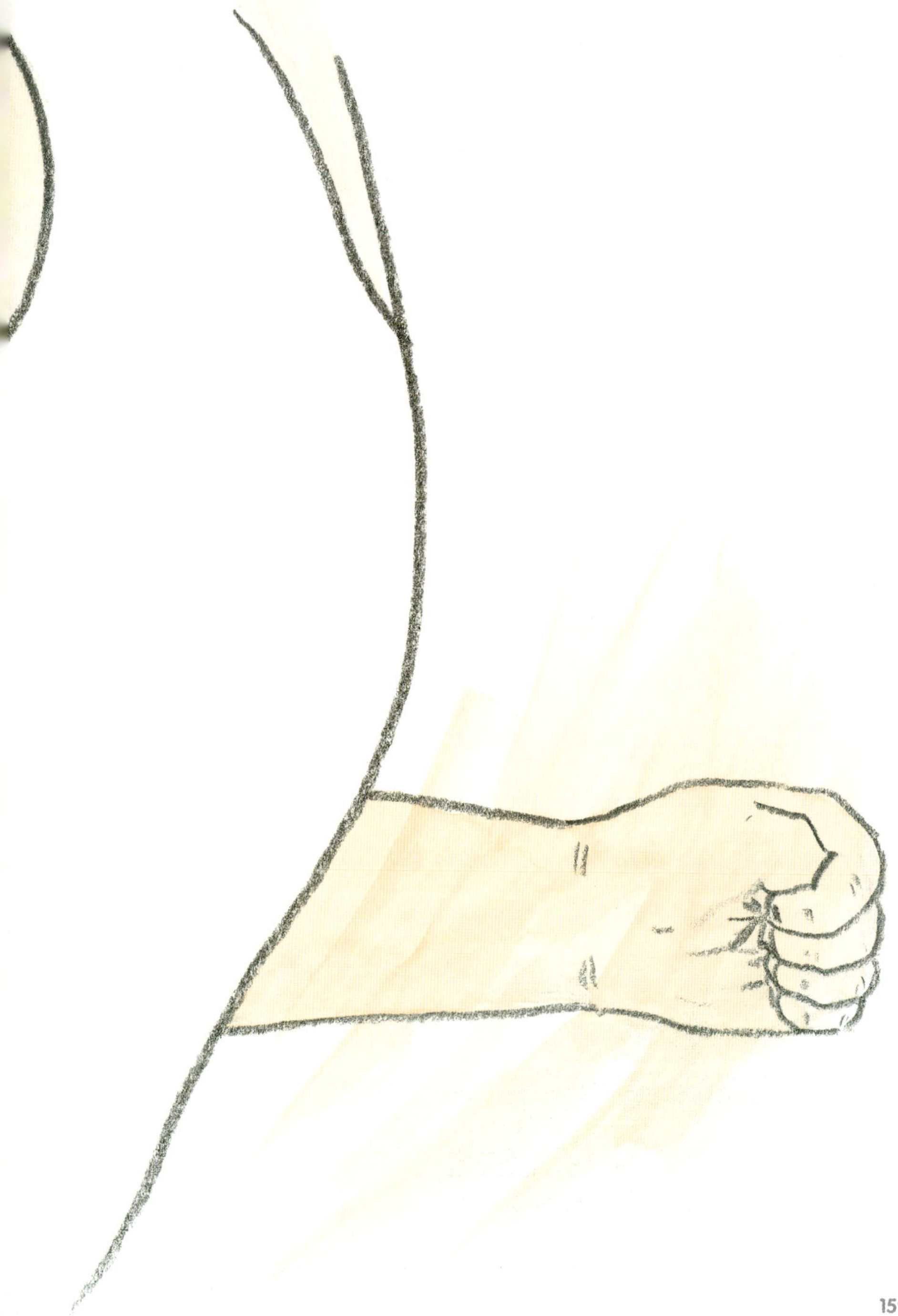

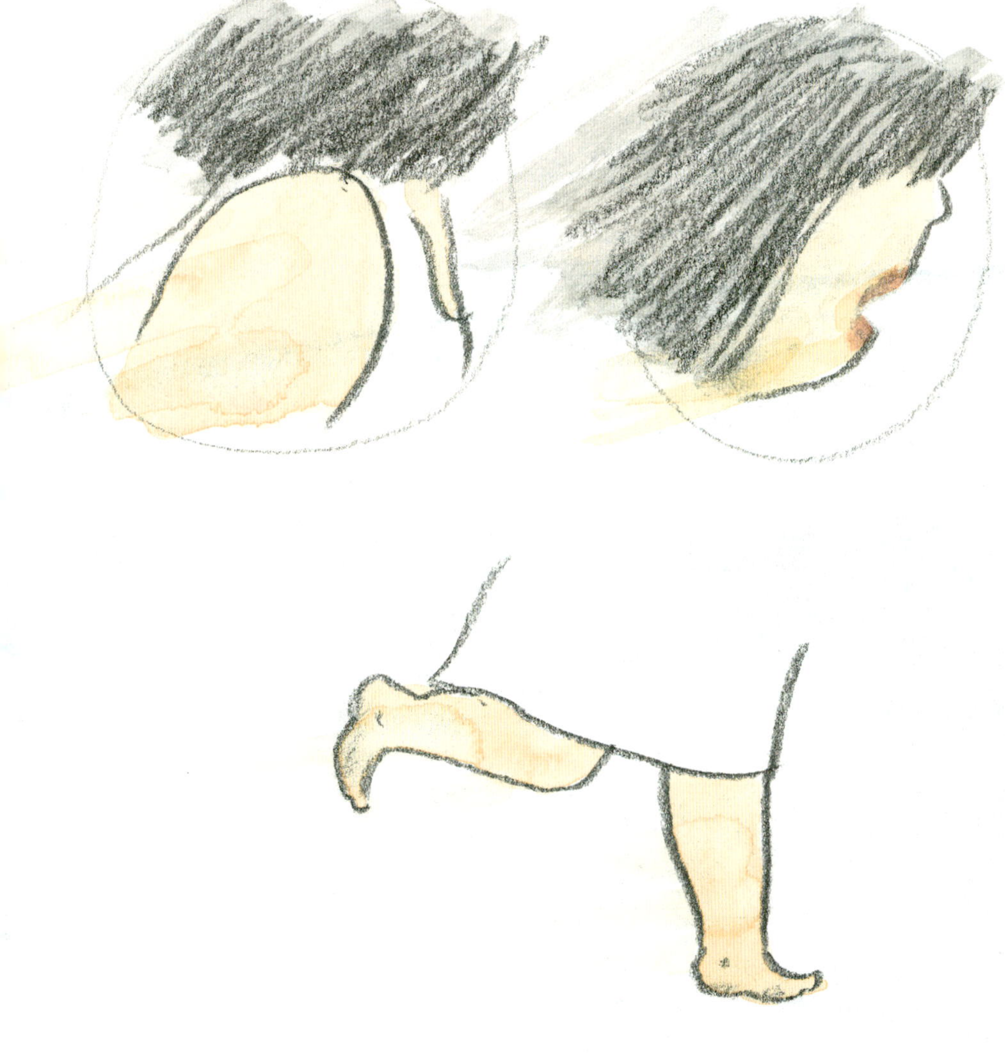

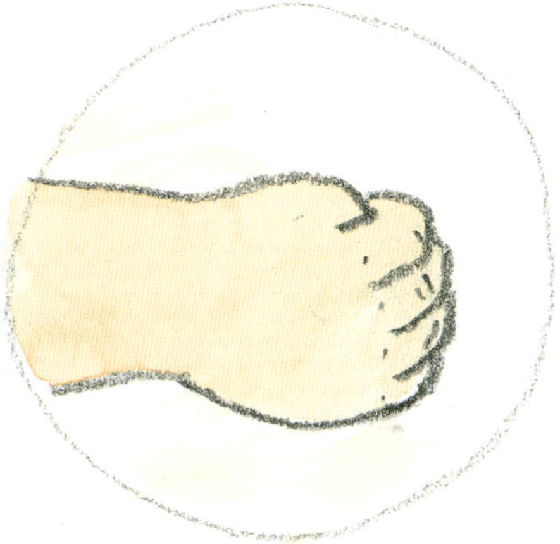

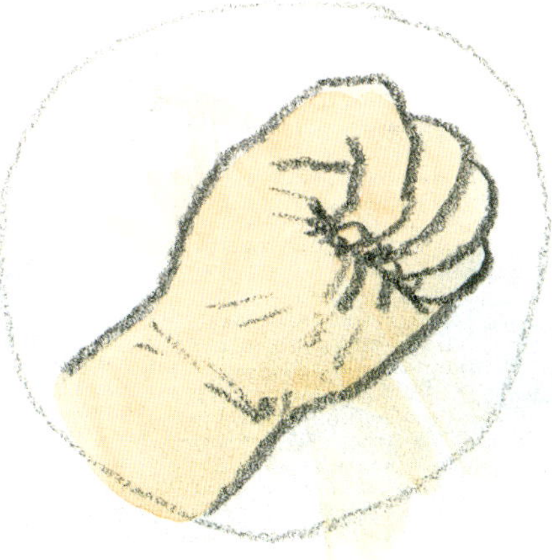

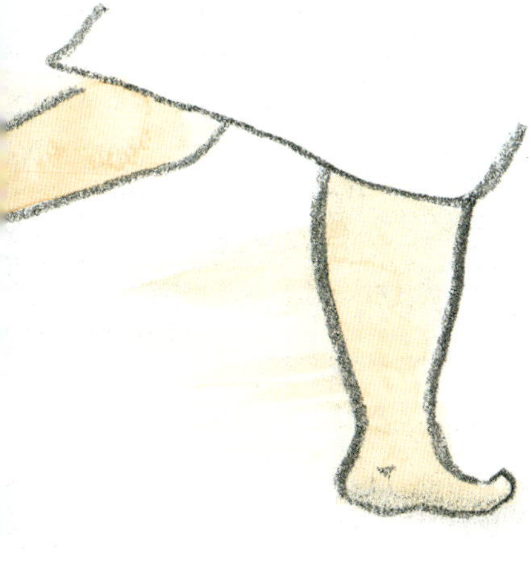

顶流就业辅导
人人成为顶流
成功就业
顶流辅导学院
实现梦想
结业后
立刻
介绍就业
升級你的人生吧

今日招工
每小时收入
9160
每小时收入
9160
招

嘀嗒
日招工
每小时收入
9160
招
不需要提供
身份证
多劳多得

嘀嗒
今日招工
招聘
不需要提供
身份证
多劳多得

不需要提供
身份证
多劳多得
招
聘

奇迹牌牛奶
嗒嗒嗒嗒嗒
奇迹牌牛奶

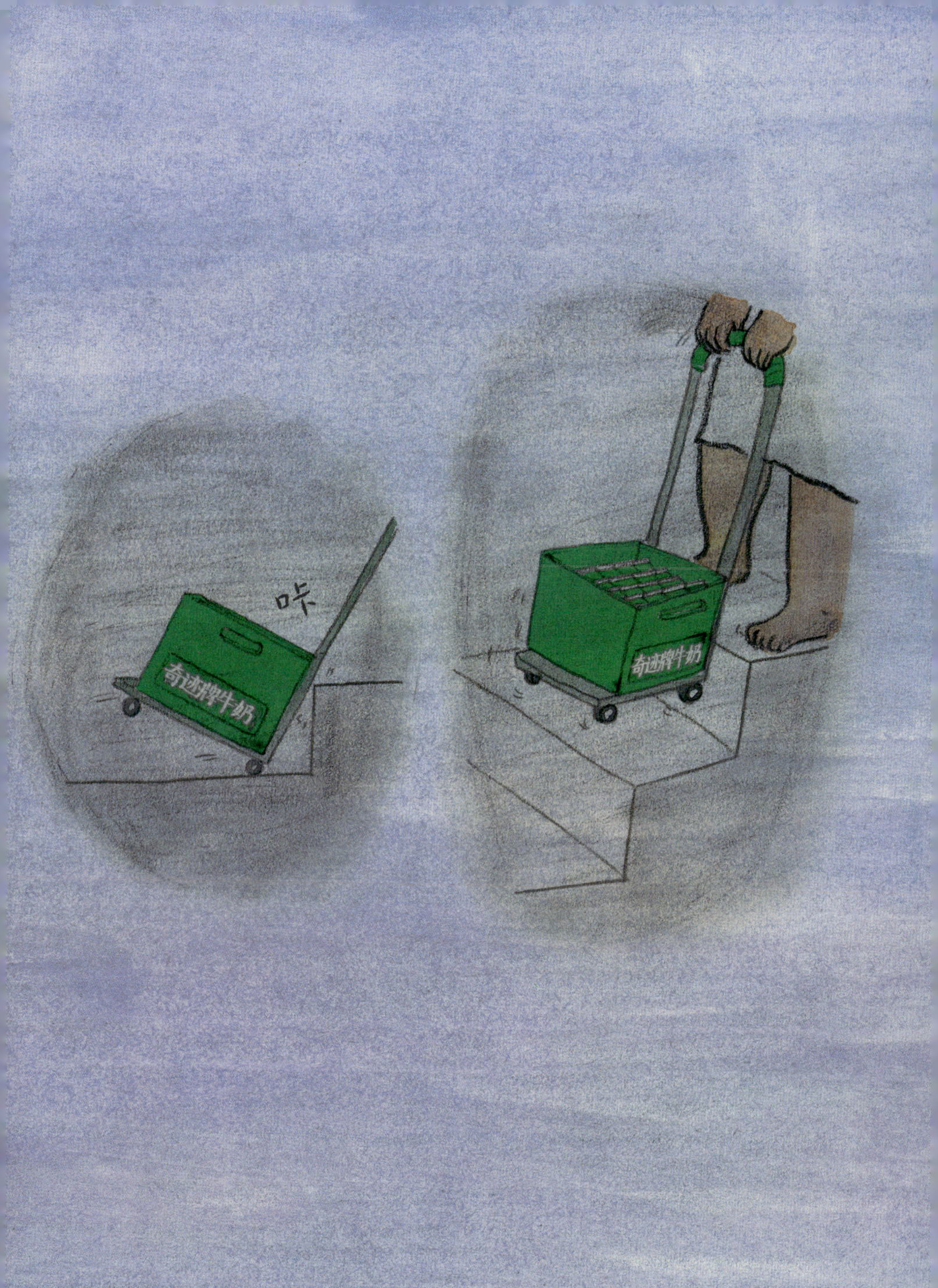
咔
奇迹牌牛奶
奇迹牌牛奶

奇迹牌牛奶
噔
噔
噔
噔
噔
噔

奇迹牌牛奶

热卖
嘀嗒
嘀嗒

嘀嗒
嘀嗒
嘀嗒
嘀嗒

今年度假！
到乐园
冰岛
尽情享
吧！

嘀嗒
提前做好
旅行准备
提前预约
惊爆优惠
嘀嗒
旅行准备
提前预约
惊爆优惠

嘀嗒
提前做好
旅行准备
提前预约
惊爆优惠
嘀嗒
哗
啦
提前做好
旅行准备
提前预约
惊爆优惠
今年度假！
到乐园
冰岛
尽情享受吧！

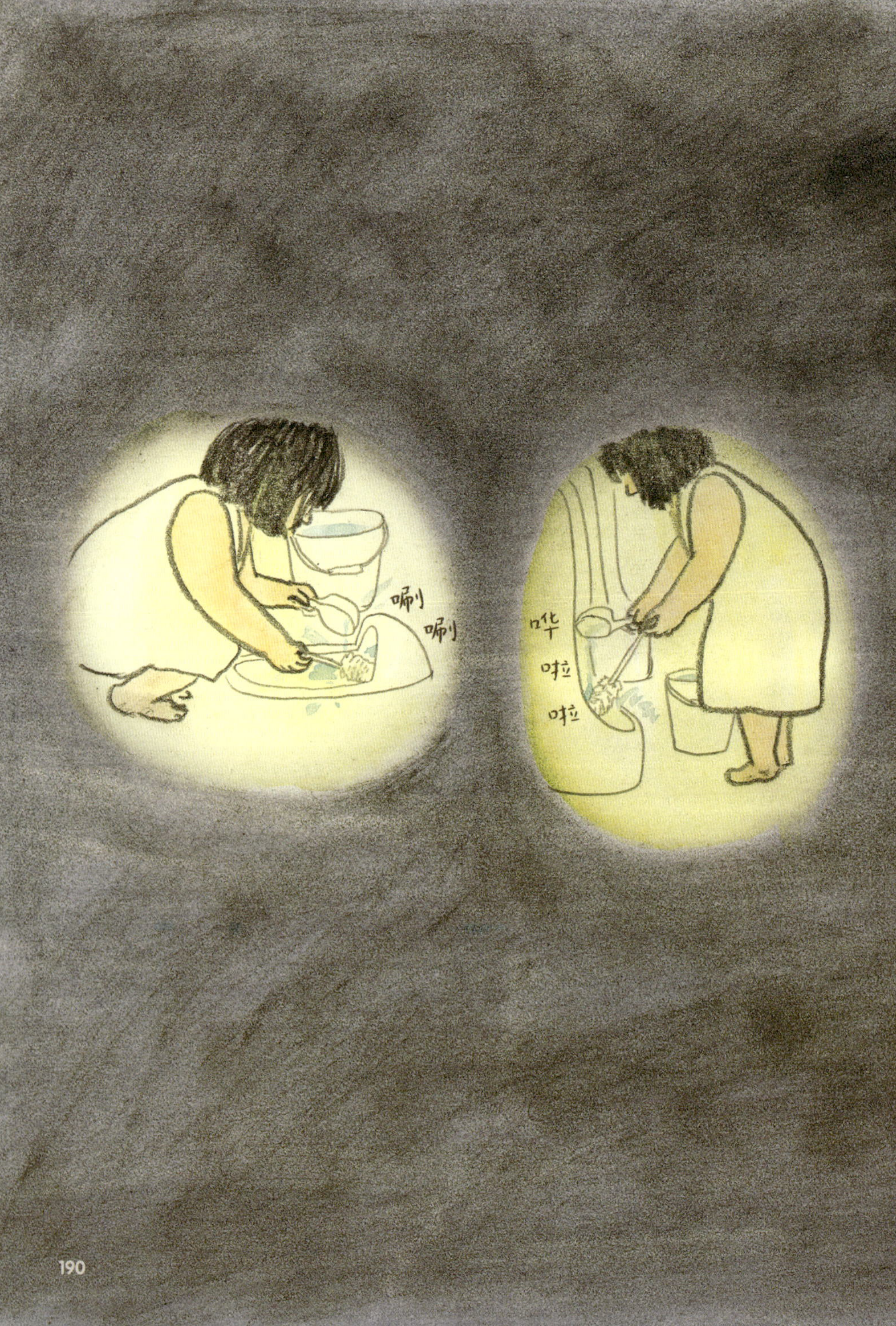
唰
唰
哗
啦
啦

啪嗒
啪嗒
抖抖
垃圾袋

小时加油站
尽情使用吧
哗 哗
快来领礼物
24小时加油站
1+1
加油卡
消费越多
优惠越多
噔

破肚皮
嫩猪肉
更多
丰盛
香猪肉
精品肋排
精品 牛肉
不限量
供应
精品肋排
不限量供应
新品
到店
精品肋排
哐当
每周都有新品到店
发投资
开发建设

飘香猪肉
不限量
供应

买买买店铺
每周都有新品到店
哐当

奇迹牌牛奶
再拿一箱吧
奇迹牌牛奶
奇迹牌牛奶
奇迹牌牛奶

奇迹牌牛奶
奇迹牌牛奶
嗒嗒嗒嗒
奇迹牌牛奶
奇迹牌牛奶

嗒
嗒
嗒

嗒
嗒
嗒
嗒
嗒

奇迹牌牛奶
奇迹牌牛奶

不要牛奶

凉爽
吹风
呼呼

凉爽
吹风
呼呼
空调

夏日特
家电的
大幅降价！
欢迎光临

价促销
一切！
最低价格！

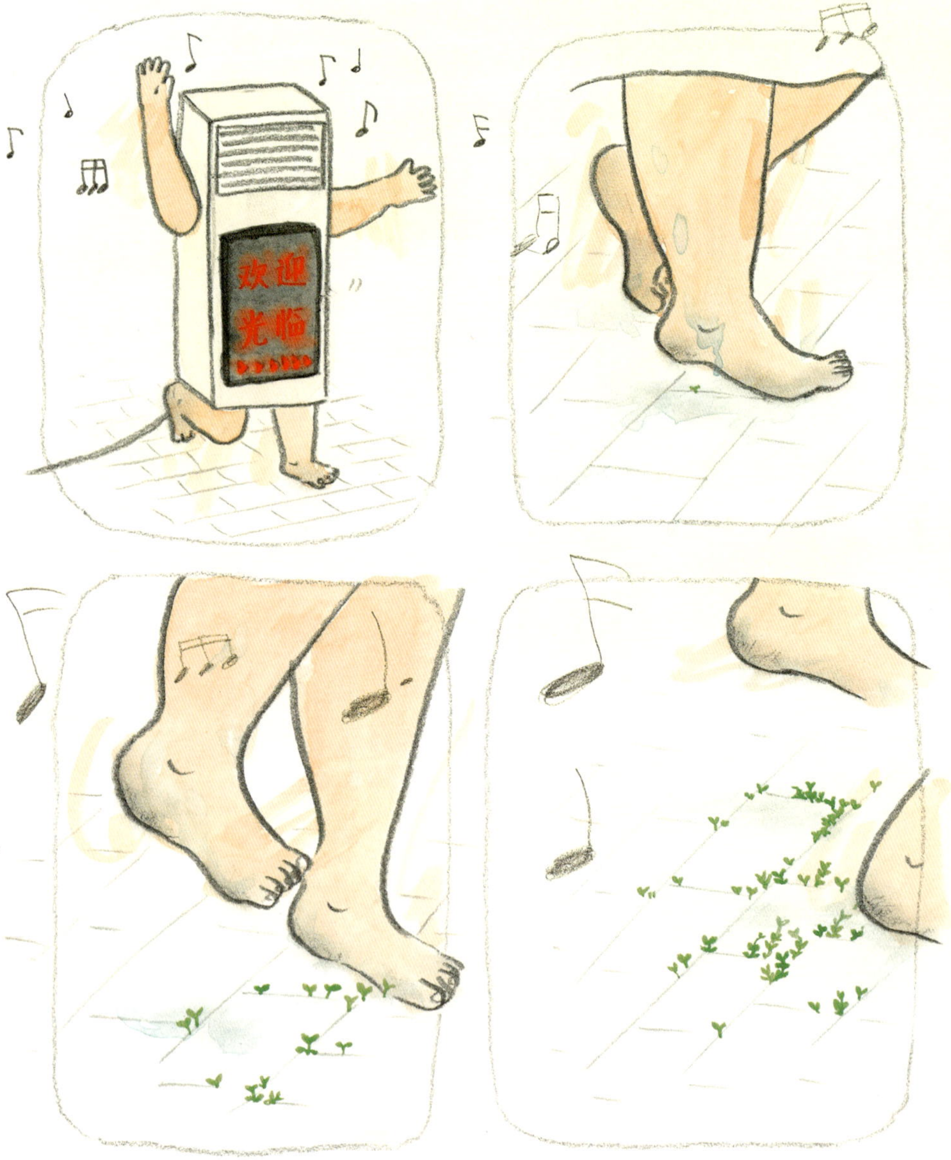
欢迎
光临

夏日特价促销
家电的一切！
大幅降价！
最低价格！
今年夏日休假
乐园航空
夏日度假屋

尽情使用吧
1+1
加油卡
消费越多
优惠越多

哐当
哐当

谢绝
牛奶
滴
答
滴
谢绝
牛奶
滴
答
滴
答

谢绝牛奶
滴答
谢绝牛奶
滴答

甜蜜的
园
促销
甜蜜的选择

本月商品销
迎接夏日新品
夏日降临！！

滴答
滴答

滴答
滴答
滴答
滴答
滴答

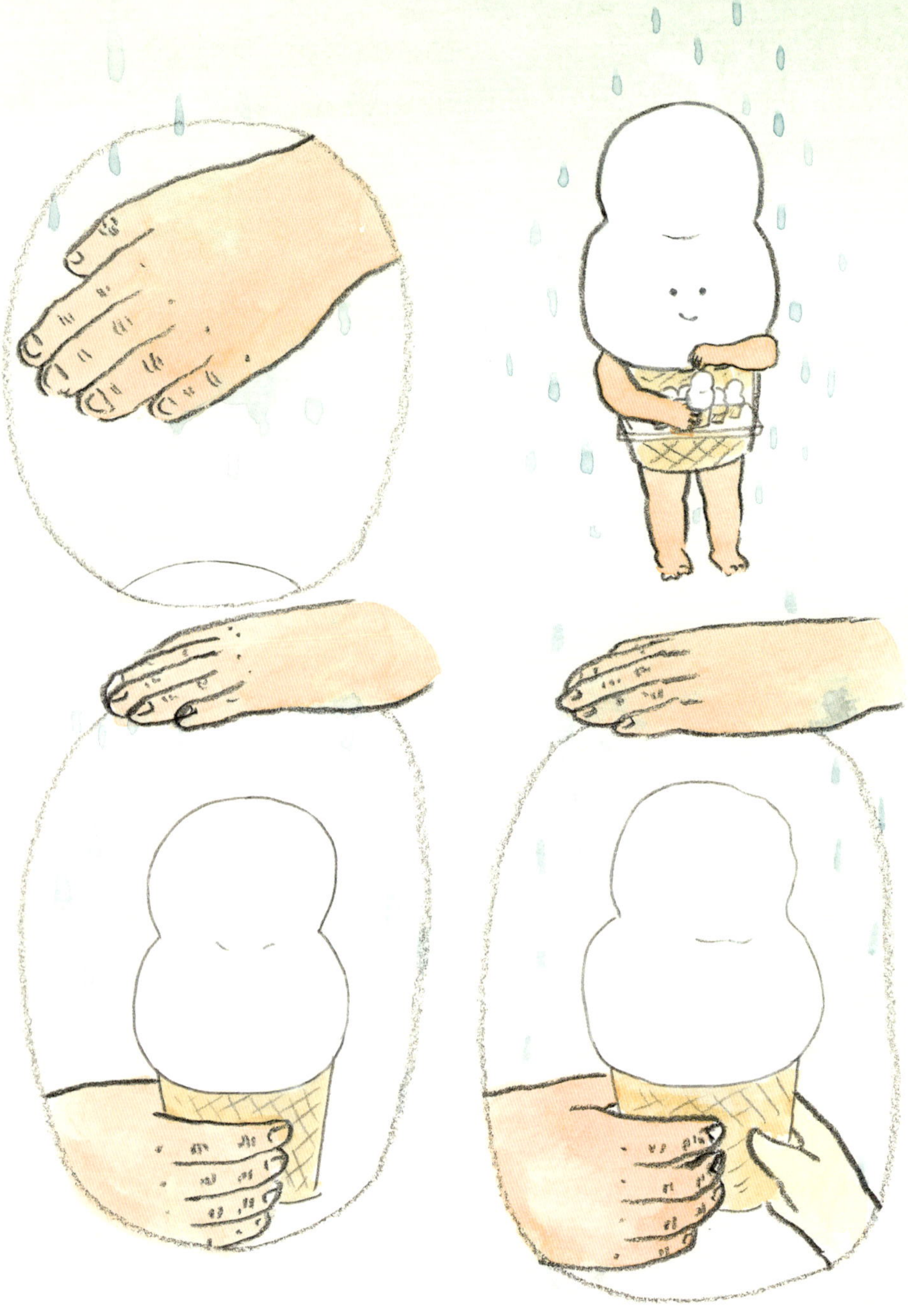

啪

哇 哇 哇
哇哇哇哇
给你买
给你买

“给你买，给你买……”

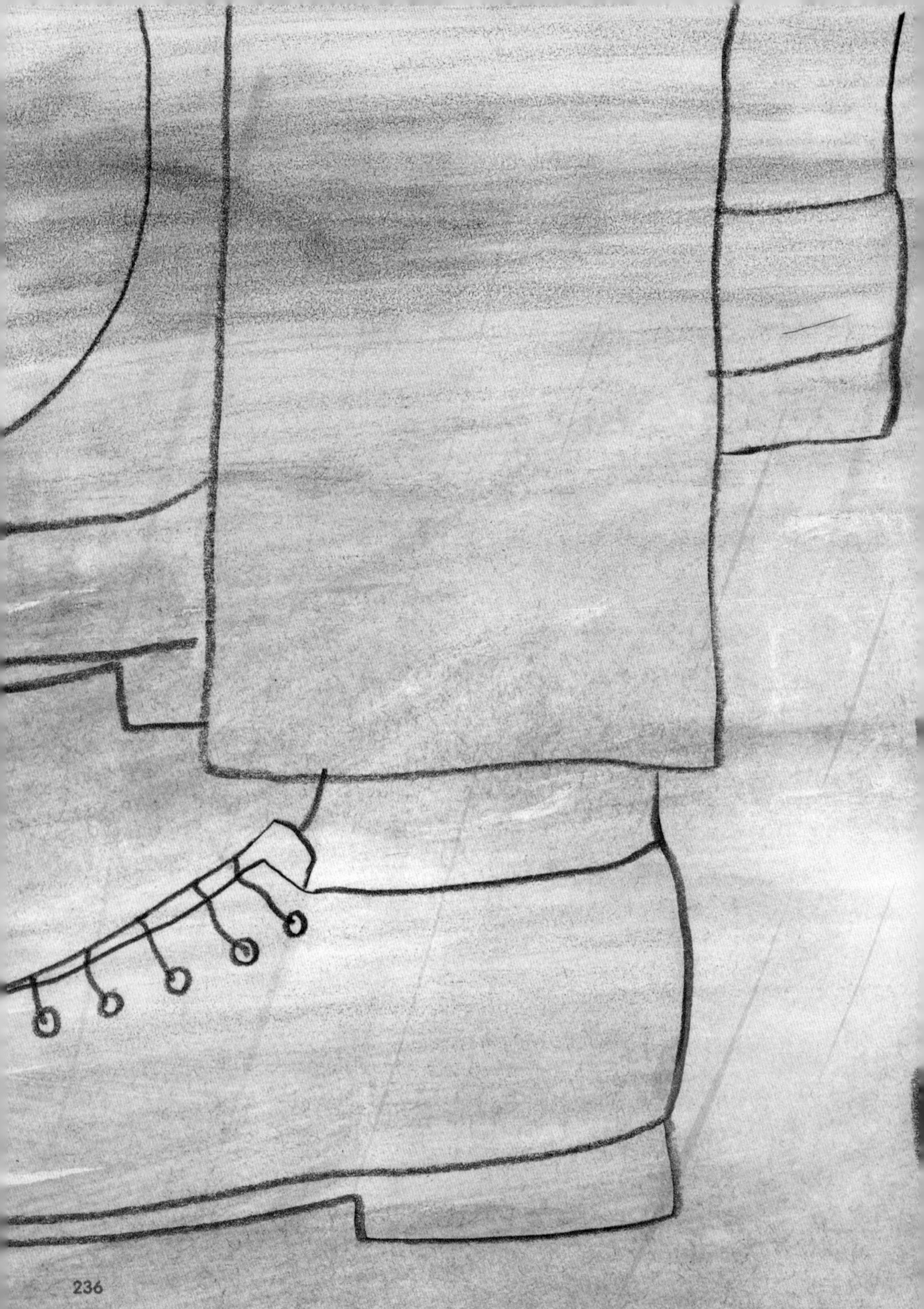

"给你……"

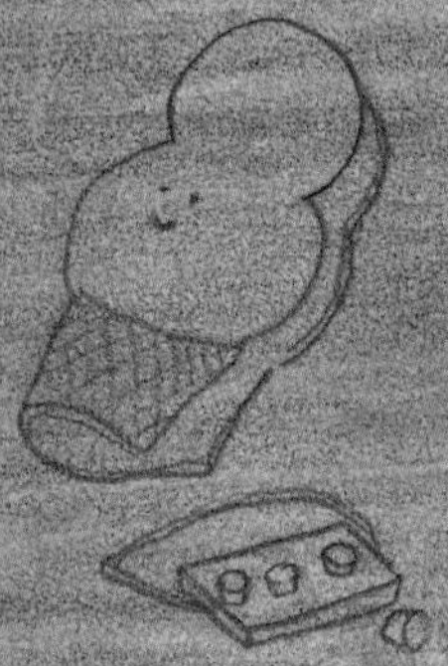

全部
都可以
拥有

50%
4套
3+1
2+1
1+1
一杯乐园
一杯乐
永远的梦
永远的梦

全部
都可
拥

全部
都可以

永远是冬天
永远是冬天
永远是冬天

永远是冬天

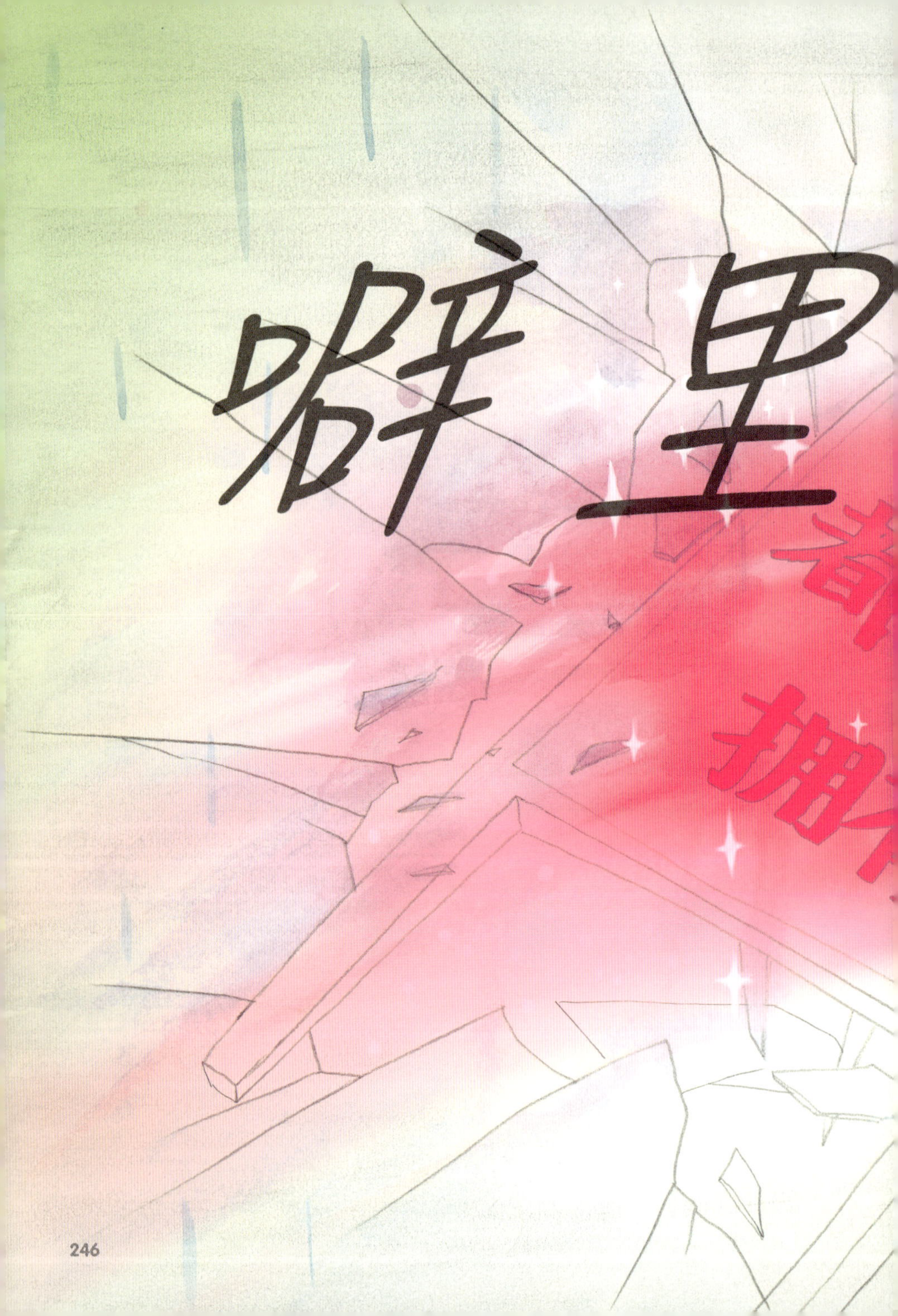

全部可以
啪
啦

永远是冬天

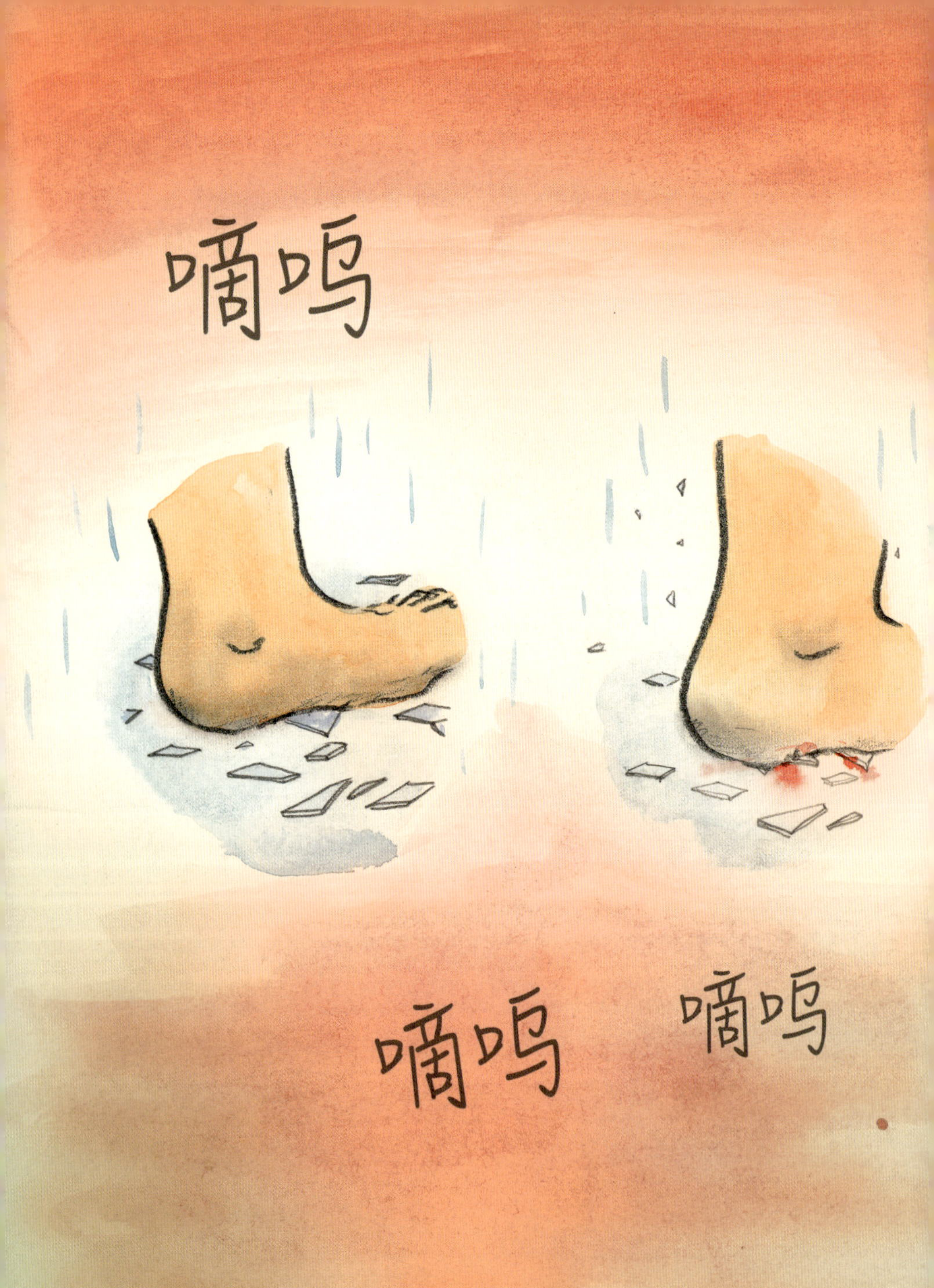
嘀呜
嘀呜
嘀呜

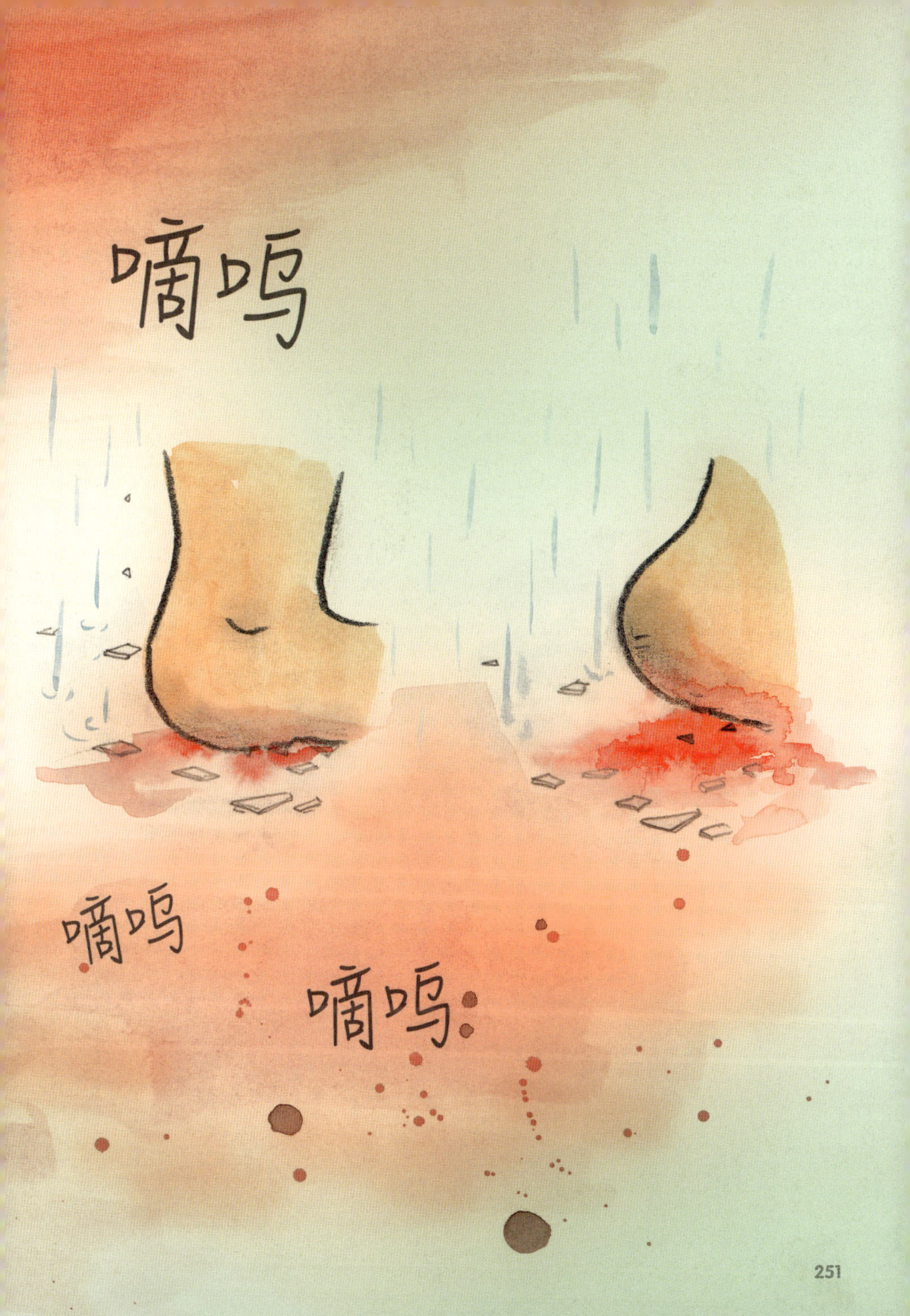
嘀嗚
嘀嗚
嘀嗚

50%
4套
3+1
2+1
1+1

嘀呜
嘀呜
一杯乐园
一杯乐园
一杯乐园
嘀呜
嘀呜
嘀呜
嘀呜
永远是冬天
永远的梦
嘀呜
嘀呜
永远是冬天

嘀呜
嘀呜
嘀呜

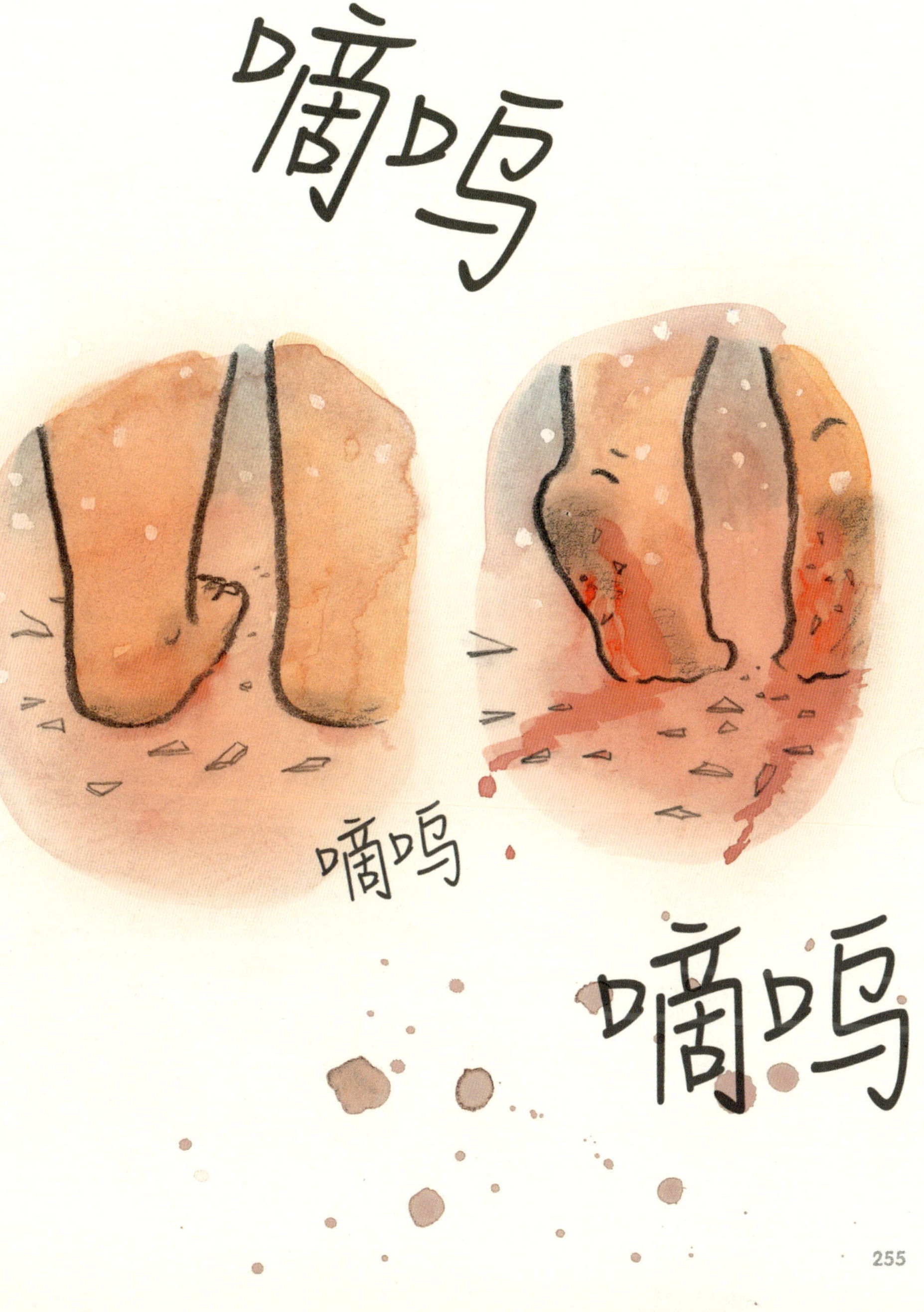
嘀呜
嘀呜
嘀呜

永远是冬天
嘀呜
嘀呜
嘀呜

永远是冬天
嘀呜
嘀呜
嘀呜
永远是冬天

女人终于把“永远是冬天”带回了家。

房间里，只留下一小摊水。

孩子
沉沉地……

做着梦

不知从哪里传来

嗒啦啦啦

嗒啦啦啦

属于孩子的歌声……

女人摸着“永远是冬天”，

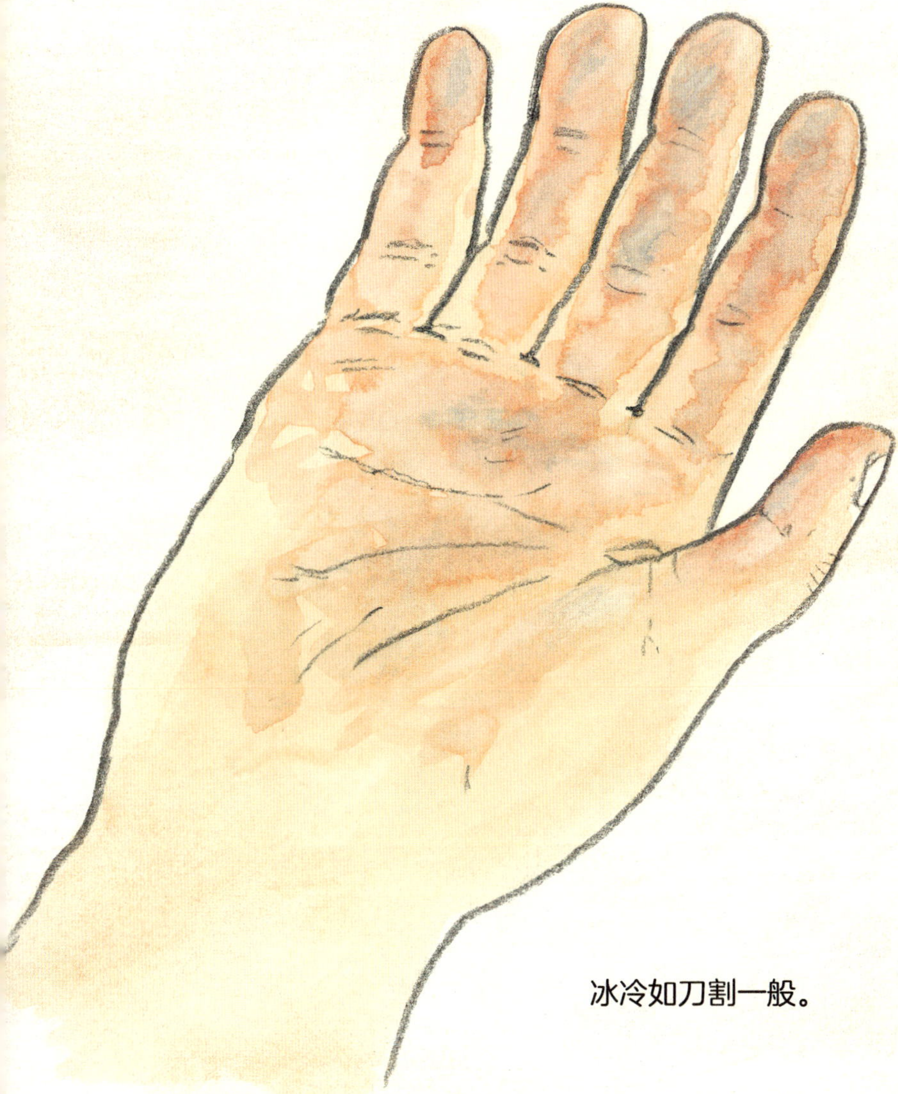

冰冷如刀割一般。

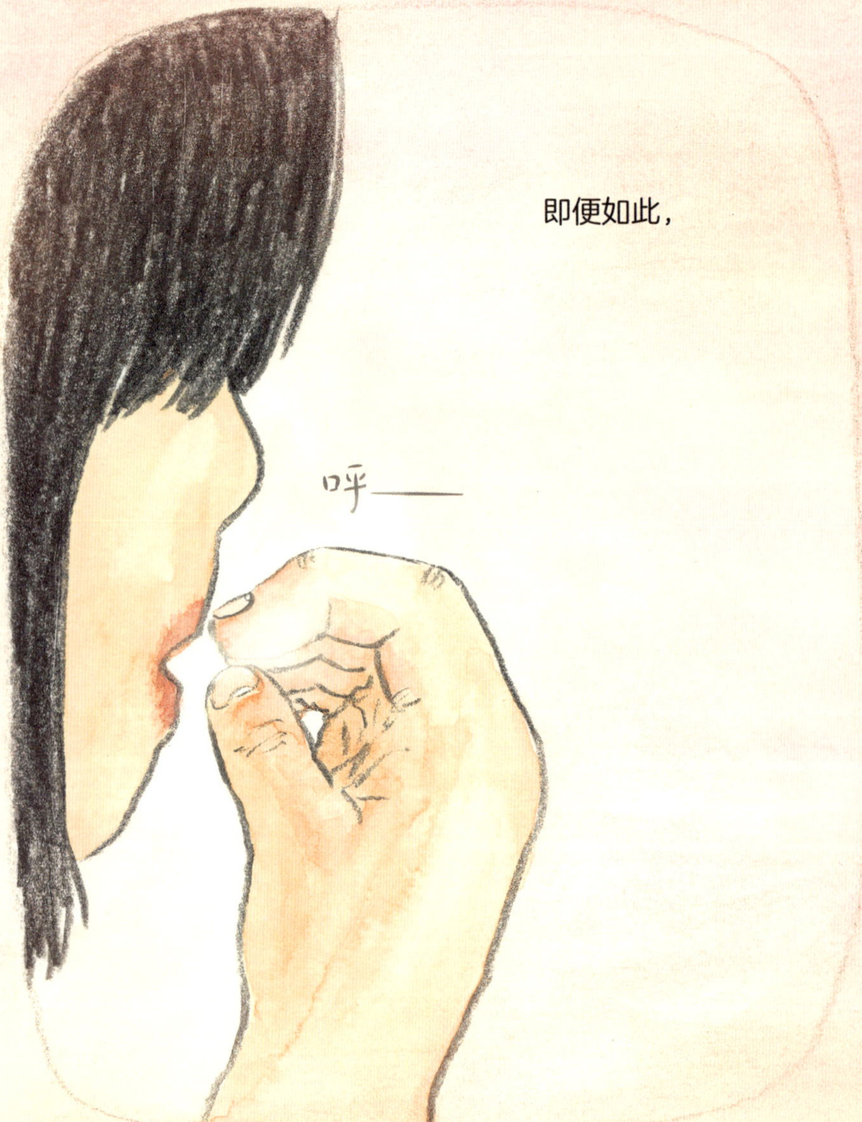
即便如此，
呼——

女人还是会再一次……

打开“永远是冬天”，

被冻住的那一摊水也总能……

短暂地感受妈妈的温暖。

桂图登字：20-2022-147

图书在版编目（CIP）数据

冰房子 /（韩）安宁达著 ；金贤玲译 .— 南宁：接力出版社，2023.4
ISBN 978-7-5448-8085-5

Ⅰ. ①冰… Ⅱ. ①安…②金… Ⅲ. ①中篇小说－韩国－现代 Ⅳ. ① I312.645

中国国家版本馆 CIP 数据核字 (2023) 第 040660 号

责任编辑：马 婕 陈 楠 文字编辑：李筱竹 美术编辑：崔欣晔
责任校对：杨 艳 责任监印：刘 冬 版权联络：金贤玲
社长：黄 俭 总编辑：白 冰
出版发行：接力出版社 社址：广西南宁市园湖南路9号 邮编：530022
电话：010-65546561（发行部） 传真：010-65545210（发行部）
http://www.jielibj.com E-mail:jieli@jielibook.com
经销：新华书店 印制：北京利丰雅高长城印刷有限公司
开本：880毫米 x 1250毫米 1/32 印张：9 字数：70千字
版次：2023年4月第1版 印次：2023年4月第1次印刷
印数：00 001—10 000册 定价：102.00元
